U0932134

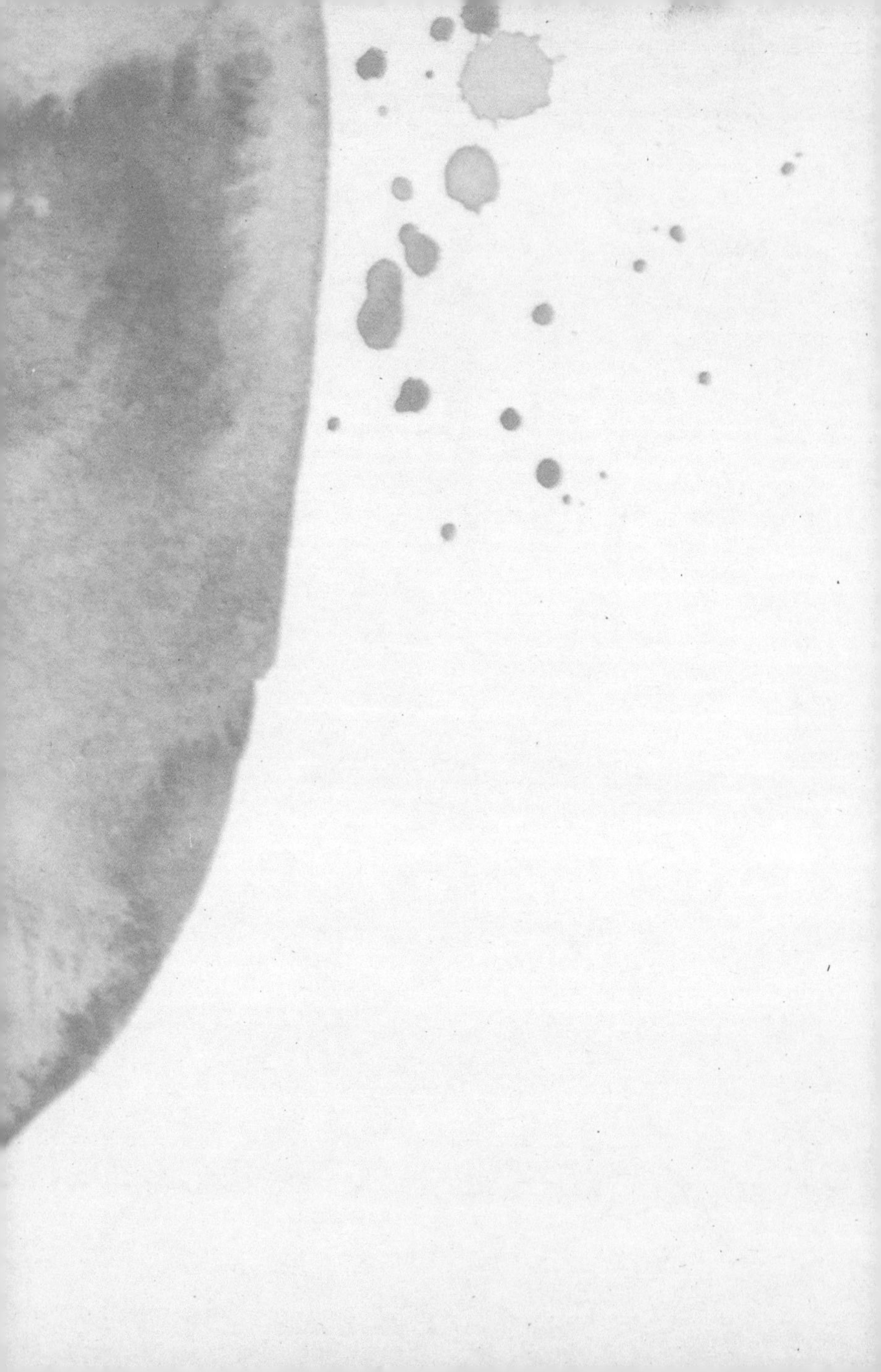

告白在妳自殺前

莎比亞

目錄

溫馨提示：

本書可獨立閱讀，亦是《告白在遇見你之後》的上集。

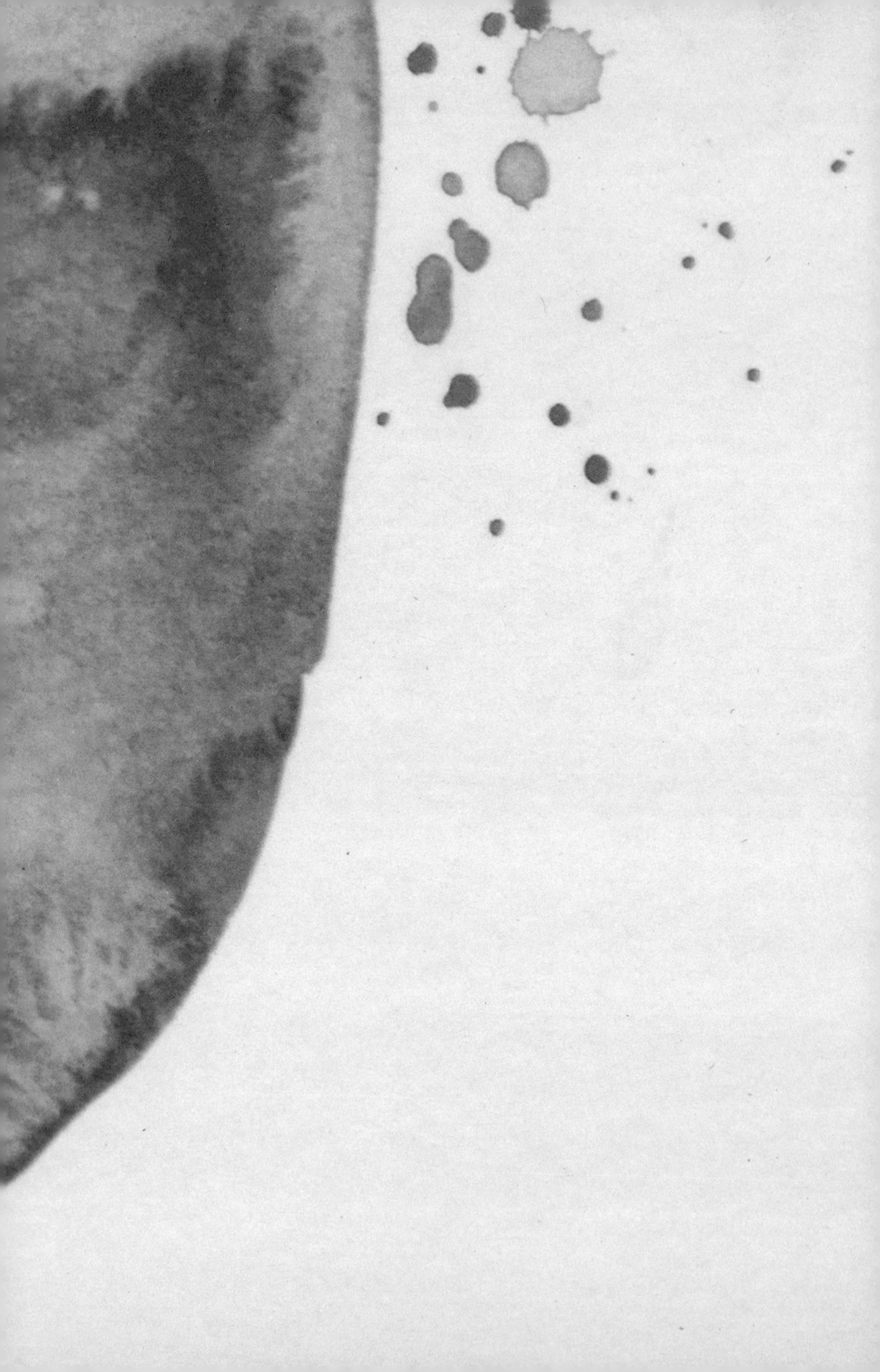

╲第一章╱

走失的橘貓

1

如果不是她的出現，我已經跳下去了。

但能不能再次遇見她，她現在到底是生還是死，我始終無法確認。

那晚，我在淩晨時分沿著電車軌走，街道上就只有我一個人。

我從來沒告訴過任何人我想輕生，畢竟這想法難以啟齒，一想起別人過於緊張或毫不在乎的反應，我就打消了這個傾訴的念頭。

「這是你今天的薪金。」餐廳老闆把一張五百元遞了給我，這是我最後一次跟人接觸，應該也是我聽到的最後一句話。

我以為。

在我步上那棟舊式唐樓了結一生之前，我先去了附近一個地庫，那裡總有一隻橘貓伏在樓梯間，我每晚下班回家時，都會餵牠一個罐頭，逗留一會跟牠玩。

我擔心牠習慣了吃宵夜，見不到我會肚子餓，所以想好好跟牠道別，但遺憾地竟然看不到牠的蹤影，難道牠不認同我的做法，所以躲起來不想見我嗎？

我如常打開了罐頭，放在一角，在心裡跟牠說聲再見就走了。

那棟舊式唐樓距離地庫幾條街外，選擇在這裡作為人生最後一站，只因為樓下的鐵閘虛掩半開，我能隨意進入。穿過綠色鐵閘，一層一層拾級而上，我盡量叫自己不要回想任何人生片段。

樓梯總共有七層，每上一層我的腳便愈顫抖，推開天台的鐵門前，我幾乎跪在地上，深吸口氣才有向前行的勇氣。

環顧四周，是個平平無奇的天台。

跟我的人生一樣。

抬頭望到的夜空很近，而地面所有店舖、車和人都變得渺小。我凝視對面大廈仍然亮燈的單位，拿出手機發現已是半夜三時多，沒有人會找我，我也沒有任何訊息想留給這個世界。

我站了起來，走到天台角落的邊緣，只要我稍為用力，幾秒後就會墮在地面。

是時候了嗎？

我再細看周遭的風景，剛剛亮燈的那些單位已關燈，街上有幾個警察走過，右邊是一棟新建成的住宅，至於左邊則是另一棟舊唐樓……甚麼？我沒看錯吧？

是一個女生的身影，同樣坐在天台邊緣。雖然視覺上的距離好近，但實際上相隔好遠，我望不清她的樣子，只隱約見到她戴著耳機，像在享受著最後的時光。

純粹出於直覺，我覺得她亦想尋死。

就在她站起來，跟我一樣站在天台邊緣時，我腦裡竟浮現了那條最討厭的問題：

「她為甚麼要自殺？」

我想阻止她。

這是唯一的想法。

我向著她揮手大叫，但戴著耳機的她根本聽不到，只望著前方。

我無法理性解釋為甚麼一個對生命絕望的人，竟然會在另一個人想尋死時，有著想奮不顧身阻止她的念頭，但我的自然反應就是轉身狂奔。

本來乏力的雙腿，無視了剛才的疲憊，直衝往地面。

「妳要等我。妳千萬不能死。」

我好怕在我踏進她那棟唐樓前，她已經躺在地面。

幸好沒有，幸好那棟唐樓的大門同樣沒鎖上，幸好我還有力氣步上樓梯。

我再次到達天台，推開大門，但看不到她的身影。

難道是我遲來一步？

我走近天台邊緣，戰戰競競的望向地面……

/2/

地上並沒有她的身軀。

我重複望向街道好幾次，也把視線稍為移遠一點，仔細察看亦沒發現，途人也沒有異樣。如果她剛才回心轉意離開，我倆理應會在樓梯間遇見。

除了想到她是鬼是幻覺外，較合理的解釋是，我誤會了她想自殺。她是這裡的住戶，只是來天台聽歌看夜景，是我把自己的想法投射到她身上。

但坐在天台邊緣聽歌，也未免太危險了吧……

我拿出手機，開著電筒照照四周，這裡比剛才那棟舊唐樓還要簡陋，四四方方的，沒有地方能讓她躲起來。

算了，大概她已經回去，但我再逗留了一會，以免她又來自尋短見。

靠在這邊的天台，回望我剛剛差點跳下去的位置，她的出現打亂了我的計劃，此刻我還生存在世上。我想，要不要在這裡繼續剛才的事呢？

當我又想站到邊緣上時，手機傳來了一則通知，有人想傳送一張照片給我。

這情況常在交通工具上發生——陌生人透過「Air Drop」亂傳照片。

我下意識地按下「接受」。

照片是我靠在天台的背影。是她！我直覺是她！她還在這棟唐樓嗎？

我立即打開手機的備忘錄，快速輸入了一句「where r u?」再截圖，打算回傳給她，可是我卻搜尋不到任何可傳送的裝置。

我拿著手機，回身從樓梯緩緩地走下去，直至踏出這棟唐樓，「Air Drop」才一下子出現幾個不同的名字，我剛剛急著按「接受」卻沒記住她的名字，於是全都發送了。

沒有一個人接收。

我四處張望，試圖尋找一定在附近的她。

走前了幾步，手機又彈出通知，這次我記住了——「Ko Yau」要分享一張照片。

她也懂得用備忘錄打字後再截圖。

「陌生人，謝謝你，你先回家吧，今晚我不會死去。」

除了這句，她還留下了一個帳號及密碼。

「koyau1121@gmail.com pw:12345678」

我立即在手機登入了這個電郵，可是裡面甚麼郵件都沒有。

當我再想以同樣方式詢問她時，她的名字又消失在可傳送範圍內，處於只有她找到我的不對等情況。

從本來想自殺的天台走到隔壁的天台，到現在又返回地面。

夜空漸漸變成藍色，天開始亮，路人漸多。我選在凌晨時分自殺，原意就是想避開人群，以免傷害到其他人。

她的出現令我只能擱置尋死的決定，她的名字是Ko Yau嗎？剛剛到底在哪裡？為甚麼留下一個電郵帳號給我呢？

我只能帶著這些疑問回家……

我又要忍受痛苦生存多一晚。

從褲袋拿出鎖匙，打開家裡的大門。如平日放工回家後梳洗、躺在床上，我再次登入她的電郵。

有一封未讀的新郵件。

「Ko_Yau_1121 分享了一份文件：『遺書』」

3

我立即按進去那份文件。

她寫了一小段字。

「對不起，陌生人，無意中打擾你的生活，感謝你試圖阻止我。雖然你的出現並不會打消我想自殺的念頭，但令到本來只能帶著遺憾離開的我，有勇氣把這封遺書寫完，之後我就會結束這生。我不介意你作為一個旁觀者陪我寫完，但我打字很慢……」

讀到這裡，我想立即告訴她，其實我也想死，不過我沒有編輯這份文件的權限，只能看到她寫的內容。但相信她見到我仍留在那份文件，沒有立即關掉，即是我願意了解她的感受。

Ko_Yau_1121的名字出現在文件上，她知道我看完了，便把剛才那段文字刪走，開始寫她的遺書……每一個字的出現，彷彿都在為她的生命倒數。

我不知道她會寫多久，今晚她只寫了一句。

「致我糜爛的一生：」

我望著螢幕，等了半小時左右，她都只停留在頁面而沒有再打字，反而用另一款字體告訴我：「陌生人，你先去睡吧。」幾秒後就刪走了。

她在回憶往事嗎？她在哭所以無法再寫嗎？她會不會在明天就寫好，當我看到後她已經離開了？還是會突然不寫直接結束這一切？

我閉上了眼，試圖想像她在漆黑的房間，屈曲雙腿坐在床上，拿著手機低頭打字。

這個叫Ko Yau的女生，在我只看過她模糊的身影下，出現在我本來都要結束的生命裡。我從沒試過跟女生以這種方式溝通，但我明白孤獨的心情，即使只能單方面的陪伴、為她帶來一點溫暖，似乎都能讓我在這一事無成的人生裡，留下最後的生存價值。

她最後的心願是把遺書寫完，而我其實也有一件事想做。

我把手機的視窗轉到我的社交平台，看了幾眼，嘆了一口氣，還是放棄吧。

那個我人生唯一的願望，永遠都實現不到。

原來，我才是孤獨地坐在漆黑房間的那一位。我閉上了眼，在失眠的情況下，捱過這個沉重的晚上，小腿還因為走得太多樓梯而抽筋了。如果她形容自己為糜爛的一生，那麼我大概會寫，致我平庸的一生。

翌日醒來，不知道實際上睡了多久，但已是下午了。

我睜開眼的第一件事，就是看她有沒有更新。

真的有！

「我與他同居的日子，是最不道德卻最幸福的時光，既然在那裡開始，便在那裡結束。」

她這一句，已經引起我腦裡很多想法，她住在那裡嗎？我再去那棟唐樓會不會就可以找到她？但同樣地，我沒有跟她對話的權利，只能做一個「Viewer」。

手機響起，打斷了我的思緒，餐廳老闆說今晚人手不足，本來要上班的員工突然請病假，問我能不能臨時代班。

「幫幫忙嘛，今晚沒有你真的不行！」他算是一位好老闆，想到他忙亂的表情，再三請求下，我答應了他。

真想跟他說，其實我昨晚就死了。想不到我明明都要自殺，還是會去上班。稍作梳洗後，便換上衣服出門。

我決定今晚再去她要自殺的唐樓看看。

／4／

在這間餐廳工作了大半年，記得應徵當日，老闆問我有沒有樓面經驗，我答沒有，然後他再問我上一份工是做甚麼後，還以為我是來搗亂。

「你那份工薪金應該不錯，為甚麼要來這裡打工呢？好辛苦的。」老闆的餐廳是間日式燒肉放題餐廳。

「不要緊。我已經厭倦了上一份工作，如果你答應請我，我會努力學習的。」我答。

「哎，第一次聽有人那麼熱心學習做侍應。」由於餐廳人手長期短缺，老闆都只是循例問問，跟我聊天而已，他即日答應請我，翌日便開始上班。

「嗯，因為我有想做的事，想上班時間可以彈性點，所以這裡很適合我。」

我總不能在第一次見面便告訴他，因為我萌生了尋死的念頭，所以辭掉上一份工作。現在只想賺錢維持生計，直至我有勇氣離開世界……所以才想在這間距離我家最近，又剛巧正在請人的餐廳工作吧。

關於我的上一份工作，容後再說。（如果我還未死，如果你也有興趣了解我的人生，如果……）

晚市時段人流最多，全場滿座，我匆忙地把食物放在客人的枱上、跟進漏單、被暴躁的中年男人責罵、被依偎的情侶放閃、被一大班朋友聚會的熱情感染，數小時後便從老闆手上接過薪金，急忙離開。

「你今天看上去心不在焉，沒事嗎？」老闆在我踏出餐廳前問。

「嗯，沒事。」我回頭答。

「如果病了，明晚就休息吧。」

「嗯。」

我一邊急步走著，一邊拿出手機看Ko Yau的遺書，暫時沒有更新。

我回到了那棟唐樓，立即衝上天台，但任何人都看不見。

「咦，可能有方法知道她住哪一層。」我心想。

我像個小偷般鬼鬼祟祟，又像風水師拿著羅庚，一層一層，逐戶逐戶經過，看看手機上的可傳送對象會否出現「Ko Yau」的名字。

一直都沒有發現，直至我走到第一層，頭上是一片粉紅色的霓虹燈海，我似乎踏足了嫖客的樂土。就在我猶豫該不該也逐個單位靠近查探時，我聽到一把女聲：「帥哥，下次再見。」

有個叼著煙的肥胖粗漢從其中一間房出來，把我撞倒，還瞪了我一眼。

好像在哪裡見過他……不過白衣牛仔褲的胖大叔到處也是。

「她應該不是妓女吧！」我心想，雖然她寫上「糜爛的一生」，但跟「同居」及「幸福的時光」似乎有矛盾，我相信我的直覺，於是回到地面，離開了唐樓。

在樓下徘徊了一會，一邊留意有甚麼人進出，一邊期待手機上出現她的名字或遺書的更新。

直至凌晨，我想起有件事忘了做。

「我忘了去餵橘貓！牠一定很生氣了。」

在通宵營業的超級市場買了罐頭，再走到橘貓出現的樓梯，心裡想著該怎樣哄牠，可是今晚又見不到牠的貓影。

只見牆壁上貼了一張尋貓啟示，照片裡的是一直陪著我的橘貓。

「如有尋獲，請聯絡以下電話……」

橘貓失蹤了，不知道是出走還是被偷去。

是上天不願意放過我，要再為我的人生增加一個任務，還是要懲罰我，繼續把我生命裡重要的東西奪走？

我在附近走著，在一條後巷見到一個可疑的背影……

/ 5 /

白衣牛仔褲的胖大叔蹲在地上像想抓住甚麼，我即時聯想到就是他把橘貓抓走，於是立即衝上前阻止，正當我靠近時，一隻正在吃貓罐頭的橘貓受驚跑走了，只剩下我與胖大叔對望。

「你搞甚麼？我花了兩星期才能靠近牠，差點就可以帶牠回去了。」胖大叔站起來說，他身型比我高出半個頭。

「不好意思……我以為見到一隻失貓。」我尷尬地答。

「你是貓義工嗎？哪個機構的？」他問。

「我只是每晚都會餵附近一隻橘色的貓，通常在那邊一個地庫出沒。」我指著左邊方向解釋：「但剛剛知道牠走失了。」

「哦，釘釘。」

「你知道哪一隻⁉原來牠叫釘釘！」

胖大叔示意我跟着他一起離開後巷，他點起了一根香煙，在街燈的映照下我認出了他是剛剛在唐樓遇見的嫖妓大叔……但不好意思相認。

「我每朝開店前都會餵牠，原來晚上是你餵牠罐頭。」大叔知道我也是愛貓之人，收起了兇狠的表情，他拿出手機對著後巷拍了一張照片，再以錄音訊息跟別人說：「今晚差點捉到『冬菇』，聽日再試，如果有人想幫手再告訴我。」

「你知道釘釘去了哪裡嗎？」我等他錄完音，忍不住再問。

我跟著大叔走了一會，他蹲下來，拉開了一間地舖的鐵閘，我抬頭看看店名——「福記小食」。

我想起來了……他除了是嫖妓大叔，還是小食店老闆，我曾經在這裡買過燒賣。

「我跟釘釘的主人溝通過，會幫他找一找。」大叔亮起店內的燈後終於回答我，但我從來不知道原來橘貓是有主人的，大叔於是跟我解釋牠是由地庫的一間書店所飼養。

書店……難怪我會不知道，因為這幾年我都盡量避開書店。

「如果有甚麼消息，可以通知我嗎？有需要我也可以幫忙……」我著緊地問。

大叔打量著我，然後把手機遞給我，我輸入號碼後便還給他。

「請你吃吧。」他給了我一串燒賣：「看你外表不錯，正正經經認識個女朋友吧，別再跟我一樣去嫖妓了，那只會令你更孤獨。」

原來大叔也認出了我……我想解釋其實我只是去找一個想自殺的女生，但聽起來好像謊言，所以也懶得再說了，只是點頭「嗯」了一聲就算。

當我轉身離去前，一隻三色貓從店裡走了出來，伸著懶腰，大叔蹲下來抱起了牠，用著帶有強烈反差的溫柔聲線道：「哎喲，Milk Milk 起身了嗎？要不要吃罐頭？」

我沿著與小食店相反的方向走回家，經過橘貓的樓梯，望著那張尋貓啟示，感到一陣空虛跟失落，希望橘貓主人和胖大叔盡快尋回牠。

手機早已沒電了，回到家後，我打開電腦，Ko Yau 更新了。

「雖然他比我大十年，但我自覺比一般女生成熟。在他身上我得到了從未感受過的溫暖，沒有半點代溝。在床上睡覺前，他總是專注地讀著心理學書，讓我禁不住放下手上的張愛玲小說。

我知道他終有一天要離開我，始終這段關係永遠無法被認同，我並不介意，只是想不到會以那種方式結束，讓我一輩子都無法釋懷……」

她更新了以上的文字外，同時在文件的最底留了一句話給我：「陌生人，我這幾天突然有緊要事忙，要先解決，暫時沒空再寫。還有，你別再去唐樓找我了，我已經搬走了。」

她今晚有看到我嗎？難道我們曾經擦身而過，但我沒發覺……？

正當我回想著這晚的片段，細想會在哪裡遇見她時，手機響起，而會在深夜致電給我的只有……

「你明晚不要約人，我買飯來你家一起吃。」

我唯一想把自殺念頭傾訴的人。

在我的戀愛史裡佔著一席位的女生。

但她，不是我的女朋友。

6

如果我在那晚跳了下去，那麼我這輩子就只愛過一位女生。

想起小食店的胖大叔叫我正正經經找個女朋友，可是自那次失戀後，我彷彿成為了一位「愛無能」的人。

這個形容詞是由一位德國社會觀察家米夏埃爾・納斯特，在其著作《愛無能的世代》提出，所描述的是這一種狀態——「渴望愛，卻不知如何愛著一個人。」

當時我還未把家裡的書扔光，尚有閱讀的意欲。

而現在，我的心已跟空空如也的書櫃一樣，被掏盡了所有情感，亦想不到生存還有甚麼意義，甚至不再渴望愛。

直到Ko Yau彷彿以筆友的姿態跟我聯絡，成為我暫時的救生索，在她還未完成遺書之前，我都會活著陪伴她。

其實，我想過以電郵回覆她，那麼我便可以跟她溝通，而不是單方面的等待，可是我明白身處幽暗的她只需要一個聆聽者。我也怕自己會説錯甚麼而令她刪去所有文字，關掉視窗一躍而下。

所以，我選擇耐心等待。她説有事要忙幾天，我也不敢打擾她。

昨晚從胖大叔的口中得知，橘貓的主人在地庫的書店，我便打破了不再去書店的自我承諾，並在翌日前往詢問一下橘貓的情況。

我在書店門外窺探。

這間書店並沒有店名，只在門口上方貼著寫有「最後清貨」的白底紅字橫額，以售賣二手書及二手教科書為主，並沒有新書出售。

這種舊書店通常都是由老人家或大叔打理，但我卻看到一位瘦削的年輕男生正整理書本，他見到我一直在門口徘徊，一副若有所問的樣子，主動走過來跟我說：「你想找甚麼書？」

「不好意思，我不是來找書的，請問老闆在嗎？」我心想，橘貓的主人應該是老闆吧。

「老闆嗎……」瘦削男欲言又止：「我就是了，我……就是老闆，請問你有甚麼事？」

我感到錯愕。眼前這個穿著運動衣及短褲，貌似中學生的男生竟然就是老闆？無論怎樣看，他唯一能跟書本拉上關係的就只有弱不禁風的矮小身材。

「我想問關於那隻橘貓的事。」我還是照問了。

「你……有見到釘釘嗎？牠在哪裡？牠掛著一個紅頸圈的！」一聽到我問橘貓的事，他頓時很著緊和很焦急。

我跟他解釋了每晚餵罐頭以及胖大叔的事。

「噢……」他的神情顯得失望：「你可以叫我做阿諾，現階段我只能等胖大叔……哎，我叫他做福哥……等福哥幫忙，他是個大好人，看不出吧，真的慶幸有他幫忙。」

阿諾跟我説起胖大叔福哥的事。

福哥在附近經營小食店多年，店鋪是由家人在七、八十年代經濟最蓬勃時買下。他的學歷不高，但靠著這間小食店足以維生至今，甚至在這刻賣掉鋪位，從發展商手上所得到的錢也足夠令他成為一位小富戶，一輩子無憂。

「可是他拒絕了收購一事，也從來沒有賣鋪的念頭。」阿諾再説。

「因為家人的緣故？」我心想，福哥大概是個重情的人吧。

「不算是……」阿諾拿出手機，打開了一個社交平台帳號，是一間只有數百人追蹤的拯救貓狗機構。

福哥曾經在二十多歲時結婚，可惜他當時酗酒，脾氣也很差，躁狂得差點殺死了妻子。由於他沒有盡丈夫的責任照顧懷孕中的妻子，所以妻子在小產後便決定離開他。

「他跟我說過……」阿諾沒有理會走進來的客人，客人也只是瞄了幾眼便離開：「只有在拯救貓狗時才能平伏他的脾氣，也是他跟過去贖罪的機會。」

我想起胖大叔蹲下來溫柔地跟貓細語的畫面，也想起他勸告我不要嫖妓（我沒有！），否則會很孤獨的說話。

一般人會覺得胖大叔既酗酒又打老婆，孤獨是活該也是咎由自取，但在這個滿懷惡意的世界裡，能夠一生善良的人又有多少？我並不認同他的行為，但也不是想提出如《聖經》所說的道理：「你們中間誰是沒有罪的，誰就可以先拿石頭打她。」

只純粹覺得，生而為人，活著太苦。如果可以，誰不想人生過得健康、充實、富裕、幸福美滿？

阿諾說完福哥的事後，我問了一句：「為甚麼你會那麼清楚他的事？」

「因為……」瘦弱的阿諾環顧著整間書店，又再結結巴巴地答：「他……為了開解我的問題……」

正當我想問及關於阿諾口中的「問題」是甚麼時，他接到一個來電，說好像看到橘貓的身影。

「抱……歉，下次再聊。」阿諾鎖上書店的玻璃門，飛快地離開我的視線，我就連跟他說句「有消息也請通知我」的機會也沒有，還以為他身子虛弱，沒想到竟然跑得那麼快。

「希望橘貓能平安回來，拜託……」我在心裡祈求。

跟阿諾聊了半天，我也回家等待她的來訪。

7

聽到門鎖被扭開的聲音，嚇得本來只穿著內褲躺在床上的我，立即起床穿回短褲。

「妳上來之前先說一聲吧！」我對著剛踏入我家門口的身影說。

「你多配一把鎖匙給我，就等於給我自由出入的權力，況且我怕你在睡覺會吵醒你嘛！那麼緊張，難道你沒穿褲子嗎？但我又不是沒見過你的裸體。」

「只有一次而已，況且當時我醉了。」我回答，她脱下高跟鞋換上了拖鞋，把數個外賣飯盒放在餐桌上。

趁著她從我的衣櫃裡取過一套便服，去進洗手間更衣期間，就讓我詳細介紹這位女生吧。

我曾經戀愛過一次，就在中學時期，那時尚未被世界的黑暗吞噬，心裡還存有所謂青春的勇氣，年少無知，沒有包袱想愛就愛，在跟朋友（全都沒聯絡了）參加聯誼聚會下，認識了比我大幾歲的女朋友，名字已不想再提起了，我們交往了四年左右。我在中學努力準備公開試時，她正在大學讀書，而當我讀大學時，她已踏入社會工作，因著我們的步伐不同，最終還是分開了。

在跟那位女朋友交往期間，她有一位同樣戀愛中的好朋友，於是我們四人不時約會，後來我跟前女友分手了，另一對情侶亦分開了，但在緣分之下，我與前度的好朋友（她們都斷聯了！）熟絡起來，維持著友情的界線。由於她亦比我大幾年，所以總是以一副姐姐的姿態對待我。

不過，隨著我的社會經歷愈來愈豐富，外表及性格都變得成熟，所以有時候我會是照顧她的一方，尤其是每當她失戀之後。

這位隨意出入我家的女生叫姚皓澄。

回憶真好，只需要幾十秒就能交待過去，而我還擁有控制回憶長短的權利，不過皓澄已經把她的OL套裝換成我的便服，走到餐桌前坐下，所以我也無法再講述她那坎坷的感情路。

「妳又是吃韓式紫菜飯捲吧。」我猜對了，皓澄是全世界最愛吃紫菜飯捲的女生：「妳怎麼不點其他菜式呢？」

「對我來說，吃甚麼都一樣。」她把一件飯捲放進口裡，一邊咀嚼一邊看手機，我跟她的相處就是那麼不帶因由，好像只需要有人一起待在同一個空間，再各自各生活。

「下班就休息吧，妳的青春就是被工作帶走了。」我暗示，希望她盡快找個男朋友。

「不用你操心，顧好自己吧。」她當然知道我無法再戀愛，這是兩個一直單身的人之間的共鳴。

我想像到皓澄每晚在辦公室加班，捧著盛載紫菜飯捲的飯盒，一邊吃一邊望著電腦螢幕的樣子，每逢大時大節人人都下班了，卻只有她還在工作。因為回家後更孤獨。

皓澄自小喜歡畫畫，畫功不錯，本來打算畢業後做畫家，經營自己的畫室教畫度日，但當年的男朋友建議數學成績亦很優異的她修讀商科。即使後來分了手，她亦遺忘了自己的初衷，打消了做畫家的念頭，這些年來只埋首數字。

「最近有甚麼電影好看？」她在飯後問，平日的她通常吃完飯後就會離開。

「我不太清楚⋯⋯妳明天不用上班？」我回答，但她還是打開了電視機。

她隨意選了一套電影，示意我關燈。戲名是甚麼已經不重要了，因為在電影播放了十多分鐘後她已經睡著了，我替她蓋上外套。

大概她只想好好睡一覺吧。

我關掉了電視機，靜靜地在漆黑中等待她醒來。雖然她的外表有著充滿氣質的知性美、穿著OL套裝時性感誘人、穿居家服時有人妻的賢淑，但在她熟睡期間，我從沒半點越軌的念頭，只在心裡暗暗替她可憐。

明明她的條件不錯，怎麼她就是遇不到一個願意愛護她的人？我也想介紹男生給她，可惜我只有一位自大學時期認識的男性好友，但他已經有女朋友了。對了，這位男生也是我的前同事，但在我辭職後已有一段時間沒見面了。我是不是應該在死前跟他吃一餐飯呢？

皓澄從朦朧中睡醒，我以為她會表情詫異，像浪費了人生般，驚呼自己睡了數小時。

「你今晚可以送我回家嗎？」她揉揉眼睛跟我說。

我懂了，這是她的暗號，代表她有心事。

「嗯。」我點點頭。

8

她穿回高跟鞋，踏出了我的家，而我在關上燈前，望了一望這個「家」。

我覺得稱呼這裡做家有點突兀。

一來這只是個租來的單位，終有一天會退還；二來只有我一個人住。

父母在我十歲左右離婚，父親移居內地，跟二奶生活，而母親亦在很短時間內認識了另一個男人，嫁到加拿大。家境富裕的姨母收留了我，供書教學，直至我大學畢業找到工作後，她便放心跟日籍丈夫返回日本居住。

聽起來很複雜吧？但家庭關係就是這麼一回事，世上似乎沒有一個家庭能安然無恙一輩子，總有其中一個或多個成員製造問題。

我並不覺得自己從小缺乏家庭溫暖，而是連家庭的觀念都失去了，任何關於親情的電影、劇集都無法觸動我。我的世界不會有天倫之樂的窩心感覺。

所以即使我決定要尋死，也不需要顧及任何人的感受。

跟皓澄並肩走在大街，外人驟看之下會以為我倆是情侶吧。說實在的，飽經歷練的我們愈來愈登對。

由於皓澄的家在另一區，所以送她回家的意思其實是陪她到車站。

皓澄的腳步不但緩慢，還突然走進便利店，買了兩支酒。

「甚麼？」我問平日很少喝酒的皓澄。

「你怕跟上次一樣喝醉嗎？」她答。

失戀後我們有次不顧一切地喝了一晚酒，我醉得在馬桶狂吐，吐得滿身髒臭，醒來後發現皓澄幫我換了新衣服新褲子新內褲……幸好她說她也斷片了，對當晚的事已沒印象，從此她便笑說看過我一次裸體。

我把酒拿過來，喝了一口。在凋零的大街上，她說：「我做了一件任性的事……想你無條件地認同我。」

我停下腳步望著她，擔心她是否被男人騙了。

她再開口：「我辭職了，儲了一筆錢開畫室，地點亦已經租好了，抱歉沒有事先告訴你。」她閉上了眼不敢看我的反應，像個擔心受罰的女學生。

「哎！」我拍拍她的手臂：「早就要吧，妳怎會覺得我會反對？」

她張開眼，笑著再說：「其實我被你影響了。」

被影響是個中性的動詞。

皓澄再解釋，這些年來她一直用工作麻醉自己，外人看上去她工作積極、做運動健身、美容保養得宜、買名牌去旅行享受生活，卻不知道她每晚都要靠服用安眠藥才能入睡、透過購物減壓，最近還開始倚賴酒精……

「有一晚我心跳很快，以為自己會猝死。」她低著頭說：「我之前不認同你突然辭職，過著怎樣都沒所謂的生活，但我每次去你家，都有種能釋放壓力的自在感覺，是你的隨性影響了我。有時候看到街上的老人，我好怕那就是我的將來，轉眼就一個人孤獨死去。」

「我還以為妳一直堅強地生活……為甚麼不早點告訴我呢？」我內疚著，但這句話不該由一個想尋死的人說出口。

「我不想令你失望，如果你看到我也倒下，應該會對人生更加失去信心吧。」她的雙眼突然充滿希望，笑著說：「可是你不用擔心我，我再次拿起畫筆，找回了為人生奮鬥的動力，謝謝你，只是……」

皓澄也拍一拍我的手臂。

被我影響了嗎……

如果我在那晚死去，這刻的皓澄又會被我影響了甚麼？

「只是……我希望自己都可以影響你，令你不要放棄那個夢想，你曾經說過要我在你成功的時候幫你畫畫嗎？我當時答應了，現在也不會食言。」

我倆走到車站，剛巧巴士來了，皓澄像拋棄了過去般，把酒瓶丟進垃圾桶，然後笑著跟我揮手上車。

她以為我辭職是為了追尋嚮往的人生，卻不知道我不只是放棄了夢想，還摒棄了生命。我算是騙了她嗎？

呆了幾秒的我，在車門關上時衝了上車，走到上層，坐在一臉驚訝的皓澄旁邊。

「我今晚想陪妳回家。」

「嗯。」

在這趟車程裡，我們有默契地享受寧靜，她不時微笑，有時靠在我的肩膀幾秒。她似乎醉了，不過是沉醉在想像中的新人生。

「重拾夢想嗎？」我心想：「那不屬於我的平淡人生。」

回程路上，我打算去胖大叔的小食店，查問橘貓的情況，可是他沒開店，也不在那條後巷。

三天後，我收到兩個重要消息。

Ko Yau 更新了。

橘貓也找回了。

9

「為甚麼我要愛上自己的老師？但那不過是身份的問題。

即使我們早已相愛，但我一直耐心等待到畢業後才跟他在一起，可惜那時候他已經結了婚。

我們不會有正常同居的機會，他總要在晚上回家。每次我望出窗外，他離去的身影愈來愈遠，我就像灰姑娘般在午夜打回原形，失去了幸福，承受著孤獨。

一個月才有一至兩晚可以完全擁有他。這段關係雖然委屈，但抱著他的瞬間，一切都值得。

這是我倆的秘密，從來沒有任何人知道。

我在自殺前寫下與他之間的事，並不是因為後悔或怪責任何人，純粹想留下一段愛過的證明，記下與他的幸福片段，我便圓願甘心死去。」

讀到Ko Yau的新一段遺書，我明白了她為甚麼會選擇以這種方式跟我溝通，要是面對面聊天或即時訊息的話，我應該不懂回應。現在我起碼有沉澱的空間。

那位老師是中學老師嗎？她當時幾歲，現在又幾歲？是因為戀情被發現了，還是老師要分手所以她決定自殺？

本以為像讀日記般讀著她的事情，但腦海突然浮現出一連串問題，一時間喘不過氣來。

雖然與她只有一個背影之緣，但要見證一個女生尋死，始終令我動了惻隱，不過她應該看準了我對人生都失去期望，並不會跟她説教或批評，才願意把秘密告訴我，又抑或假設她真的死了，一定會有新聞報道，她無法在現場留下這封禁忌的遺書，所以想透過我把最後的話告訴給那位老師？

無論如何，只能等她再更新。

「遺書太沉重了，我還是把它當成日記吧。」我安慰自己。

當我的情緒開始冷靜下來，便收到了一個好消息，胖大叔致電給我，興奮地大聲說：「你快點來書店，我們找回釘釘了！快來！馬上來！」

我也著急地回答：「好，現在就出門。」

我跑到書店，從玻璃門就望到，橘貓正懶洋洋地躺在收銀台上。

「太好了……」我幾乎要落淚。

胖大叔跟阿諾都在書店，三個男人圍住一隻橘貓笑著，牠露出一副不耐煩的樣子。

「是怎樣找回牠的？」我問。

上次有人致電阿諾說見到橘貓的身影，原來只是騙案。那個騙徒隨意找了一隻橘貓的照片，叫阿諾先付報酬才讓他見貓。阿諾當然沒有上當。

「今天我回來開店時，就見到釘釘躺在門口了。」阿諾把手機遞到我面前：「自從不見了釘釘，我就安裝了閉路電視，剛剛翻查影片後，見到有個女生把釘釘放在門外，就在我回來前五分鐘，但她沒有致電給我，也沒有要求報酬就走了。」

「真是個好人！」胖大叔隨意和應著。

當我望到影片裡的背影，雖然她戴了一頂黑色帽子，但我能認出是她！是Ko Yau！

「你認得這位女生嗎？」我激動地問阿諾：「拜託你看清楚！」

胖大叔不知道我發生了甚麼事，為何會那麼激動，而阿諾則放大了影片仔細看：「剛才我忙著照顧釘釘及把尋回牠的消息告訴家人，現在想起來，我對這位女生好像有點印象……」

「記得她嗎？你認真想想。」我追問。

「她……」阿諾口吃地答：「當時店鋪仍然由爸爸打理，我放學後來幫忙，她好像是那一位每天都來看書而不買的客人。」

阿諾指著其中一個書櫃：「她……只會……選那邊的書。」

我向著書櫃走過去，書架上全是張愛玲的著作，我想起她曾在「日記」上提及自己喜歡讀張愛玲的書，令我直覺找回橘貓的女生便是她。

「你爸爸呢？他會否認識這位女生？」我拉著阿諾的手問，但阿諾臉色一沉。

胖大叔用力地拉走了我：「你緊張的不是貓嗎？為甚麼要追問那個女孩的事？請你暫時不要在阿諾面前提起他的爸爸！」

胖大叔拍一拍阿諾的肩膀，摸一摸橘貓的頭，便拉著我離開，阿諾仍然神不守舍地呆著，在我們走後關上了書店。

「先去我的店吧，我再跟你解釋。」胖大叔嘆了一口氣。

10

胖大叔的「福記小食」在日間由一位阿姨打理，我跟阿姨點點頭，便跟著胖大叔走進店內，他的三色貓Milk Milk躺在紙皮箱上。

胖大叔拿了幾串魚蛋燒賣及兩罐汽水，放在枱上，示意我隨便吃後開始說：「我跟阿諾的爸爸很熟絡，阿諾由小學時期開始便在我這裡買早餐回學校吃。兩父子感情很好的。而書店則由阿諾的爸媽經營。」

我吃了幾粒魚蛋，從剛才的激動情緒冷靜下來，細心聆聽著。

胖大叔再說：「阿諾一心想考好公開試，升讀大學，將來找一份薪金豐厚的工作，令爸媽不用再苦苦經營那間每月虧本的書店。可是阿諾的壓力太大了，導致考試失準，只能重考。自此阿諾吃不下東西，精神狀態亦很差，起初關起了自己一段時間，不敢面對人，尤其覺得辜負了爸爸。他最近才好轉一點，間中會到書店幫忙，卻又輪到他的爸爸生病……」

胖大叔見我沉默不語，喝了口汽水，再問：「怎麼了？不相信現實也會發生這種事吧？你真的太年輕了……」

正正相反，我早就覺得這是個不公平、命運錯配、好人早死、壞人當道……總之充斥惡意的世界。比電影、劇集、小說更荒誕的劇情都會在現實發生，那還會有甚麼事令人絕不相信？

「我也從阿諾口中聽到關於你的事。」我輕輕地答。

「哦？那個臭小子，把我的事隨便跟人講。」胖大叔不好意思地摸著稀疏的頭皮：「就當成反面教材吧，不過……你真的不要再去嫖妓了好嗎？」

我苦笑，想了想，便把當晚的事告訴了胖大叔，但關於Ko Yau的事守口如瓶。

胖大叔沉默不語。

「怎麼了？不相信吧……」我學著胖大叔的口吻。

胖大叔像喝啤酒般把汽水灌光，一臉凝重地握著我的手臂：「我寧願你當晚去嫖妓了……以後你有甚麼想不通就來找我吧，我請你喝汽水吃燒賣，總之不要再尋死了，無論你覺得自己做錯過甚麼都好，只有活著才有機會把失去的爭取回來。」

胖大叔抱起了Milk Milk：「我也沒想過自己會救起牠。牠是我救的第一隻貓。」

他說當年老婆離去後，有晚他在一條後巷喝到半醉倒地，聽到仍是幼貓的Milk Milk虛弱地叫著，像在發出求救訊號。他立即抱起Milk Milk回小食店，從零開始學養貓，Milk Milk健康長大，現在已是一隻跟大叔一樣的胖貓。

「或許其實是牠救了我。」胖大叔在救起Milk Milk的瞬間，找回了自己的人生，更決定以小食店作基地，自立團隊，把餘生都投放在救貓上：「你在天台遇見的那個女生都是個有愛心、善良的人，你也不要讓她死去。」

「知道。」我續說：「你也幫我留意一下，她會否經過你的小食店。」

此時，胖大叔收到了求助電話，出發前再跟我說：「我還是不太放心你常常一個人待著，平日有空就多來陪我去救貓吧。」

跟小食店阿姨及Milk Milk道別後，我也離去了，胖大叔把我加到他的救貓群組裡。

橘貓平安回來，算是這幾天比較圓滿的事情。

雖然只是傍晚時分，街上滿是下班的人群，但我與行人總是疏離，一個人的世界會突然變得灰暗。

尤其跟皓澄、胖大叔、阿諾見面後，他們在為自己的目標努力，我卻被絕望的孤獨感突然侵襲，壓迫得窒息，只能在心裡痛哭。

腦海裡，周遭盡是黑暗，唯一從遠處傳來的曙光是Ko Yau在朦朧的迷霧中伸出雙手，像是要把我救起。

「先生，你沒事嘛？」一名路人見我靠在路邊的欄杆低著頭喘氣，關心地問道。

「沒事，謝謝。」

我需要散步。每晚都要漫無目的地走好大段路，才有勇氣回到只有我的家。

手機久違地響起，我以為是皓澄，怎料是前上司的來電：「你的好朋友兼好同事沒上班好幾天了，報館不夠人手，回來幫我好嗎？最多加你人工吧。」

我的著眼點，並不是加人工，而是好朋友沒上班幾天……

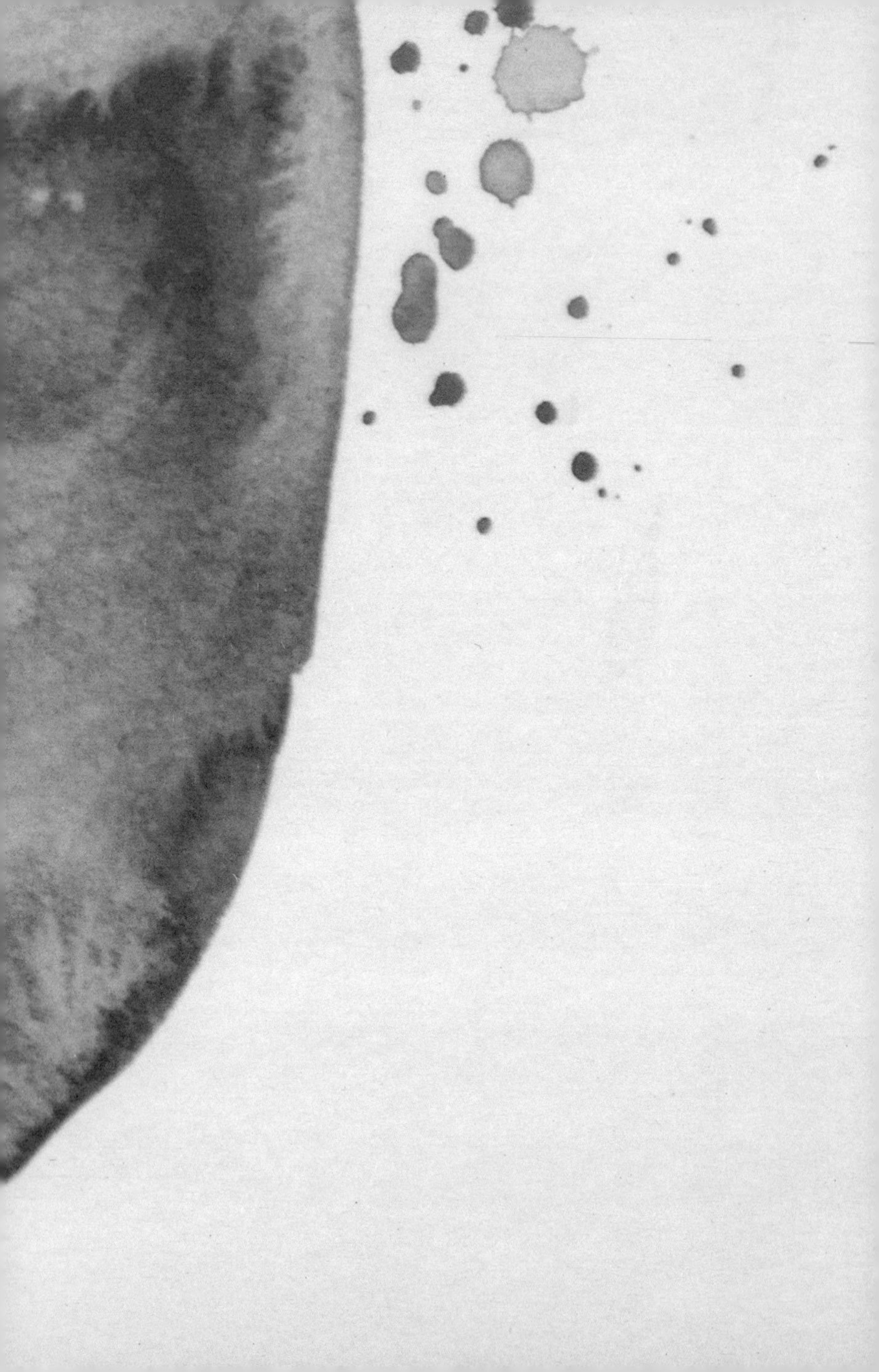

／第二章／

走調的旋律

11

梓賢是個比我更認真看待工作的同事兼好友，平日即使病重他也會在家拼搏，因為記者這行業在瞬息萬變的時間裡分秒必爭，不容許休息。他經常掛在口邊的一句：「半秒的差距，已是流量的關鍵。」

我翻看最近跟他的聊天紀錄，除了互相分享大量的女生照片，其餘都是他對我的關心，問我好不好、在做甚麼、有沒有休息、Are you ok……而我全部都答「OK」。

對話只有他單方面的問候，我才發現，自己向來是被關心的一方，以為他生活得一帆風順便沒有理會過他有沒有心事。

「我過來你家找你好嗎？」對人際關係有敏銳觸覺的梓賢來說，我相信他知道前上司曾找過我，我找他又是所為何事。

「我也正想約你。」他回覆：「我家有綠茶及無糖汽水，如果你肚餓就自己買外賣上來吧。」

雖然要花一個多小時才能去到他的家，別人大概覺得一通電話或訊息就能表達到關心，但我卻堅持面對面，因為這才是能夠感受到對方的語氣、表情、即時反應的真實溝通。

除非是Ko Yau那種特別的情況。

我在意別人的生活，卻無法著緊自己的生命。有時候，我會覺得一隻蝸牛的存活都比我重要。

按下梓賢家的門鈴，過了幾分鐘才打開門的他頭髮凌亂、滿臉鬚根，家中只亮著梳化旁的一盞黃光座檯燈。有潔癖的他，怎會容許自己的家及個人外觀如此不堪入目？

「你來了就好，我可以一邊執拾東西……」這是梓賢的生活習慣，無法專注於一件事上。

「你沒事嘛？為甚麼不上班？」我問。

「阿Don曾致電給你吧？如果沒猜錯，他應該叫你回巢。」梓賢一邊把杯麵湯倒進馬桶，一邊說。阿Don是我的前上司。

「你知道這一行請人不易，可不像餐廳請侍應般。」我想起了我的現任老闆，改了說法：「不，餐廳請人都好難。」

「既然你知道又辭職！」梓賢反問我。

「我來找你是要聊你的事。」我答。

本來正在執拾東西的梓賢不停在屋內來回踱步，倒了一杯茶，摘下了眼鏡，抓著頭，一臉徬徨地說：「我這幾天……輸了接近一百萬……」說罷，他拿出計算機在按。

「股票嗎……？」我問。

雖然記者的人工不高，但梓賢憑著優秀的文筆及時事觸覺，接下了數間上市公司的文案及兼職廣告策劃，加上投資有道，在幾年間已成功賺了一大筆錢。

「本來股票賠了幾十萬，然後……」梓賢緩緩地解釋：「賭波再輸了幾十萬。」

梓賢平日連球賽都不會看，對任何運動都不感興趣，突然賭起波來只因為工作壓力太大，所以隨意亂買，已經賭了一年多，但從來沒跟人説過，就連未婚妻都隱瞞著，最終愈輸愈多。

我知道他一向工作壓力大，當我跟他傾訴過嚴重失眠時，他亦介紹了自己的精神科醫生給我，叫我記得求醫。

「我只想令自己的生活環境更好。」梓賢又站起來執拾東西：「這幾年認識了好多有錢人，走在他們身邊時，我都會羨慕。明明我比他們更聰明，為他們賺了那麼多錢，但我的戶口存款卻永遠無法追到他們。每晚望著戶口數字我都會自卑……」

「我一直覺得你已經好成功。」我回應，其實我也不太擅長安慰。

坦白說，我沒預料過他會為錢苦惱，一來他戶口裡的錢比我多，二來我對物質和金錢看得很輕，能夠維持基本生活開支就足夠，所以在我的世界裡，錢從來不是一個擔憂。原來，一個人無法察覺另一個人所面對的問題，並不只是欠缺關心，而是雙方的思維跟價值觀不同。

「沒有人會嫌錢多。如果有人說不嚮往奢華，只因為他未嘗試過奢侈。」梓賢說，雖然我對號入座了，但我不覺得被他奚落。

梓賢打開了電視機，選了一套動畫，我沒留意是哪一套。只見他投入地跟我解釋劇情有多好看、分析爆紅原因，突然像甚麼事都沒發生過似的。

我陪他看完了一整季，大概十多集左右。

「現在我只擔心首期跟酒席……」他關上了電視，又回復到徬徨的狀態：「本來非常充裕的……」

「差多少錢？」我問，梓賢又拿出計數機，然後告訴我二十萬左右。

在他去洗手間時，我用手機轉帳了十多萬給他，只留了幾千元作日常使用。那些錢已是我全部的積蓄了。

梓賢見到銀行的訊息通知，著緊地說：「我跟你傾訴並不是為了借錢……」

「沒所謂吧。」我答：「反正那些錢我都只是放在銀行裡。」

梓賢望著銀行戶口，心情稍為安定下來，其實錢他一定能賺回來的，只是時間問題。我把手機放回褲袋，心想，能夠即時悄悄滙款給他，算不算是科技發展帶來的好處呢？

「那你會答應Don回去工作嗎？」梓賢問：「其實我頗享受跟你共事，但我知道你已經厭倦了網絡，無法再承受那種壓力，你最近仍然失眠嗎？」

他又再擔心起我的精神狀況。

但我暫時仍然無法跟他坦白。

在離開他家前，我像胖大叔不放心我一個人一樣，跟梓賢說會暫時回報館工作，陪他一起重上軌道。

「真的可以？」他問。

「放心，這次我會跟Don提出兩個條件，他答應後我才會回去。」

我心想，既然我都不怕死了，就算再遇到那種情況，我應該能夠承受那種壓力的，因為我已不再抱有任何期望。

回到家後已經是凌晨四時多，睡不著的我打開了Ko Yau的「日記」，想不到她也在線。

她應該也留意到我的出現，才會在文件頁尾留了一句：「陌生人，還未睡嗎？:)」

我希望她也能意會到，這刻的我最想答謝及想知道她是怎樣找回橘貓的。

我經常渴望有人會在半夜陪我聊天，能夠漫無目的不著天際地交流，不用苦苦堅持製造自以為有趣的話題，到最後卻變得氣氛沉寂，就再沒有然後。

雖然她形容我為陌生人，但我相信這只是個稱號，而並不是交友軟件上那種白撞撒網的陌生人。至少那些人並不會因為死亡而結識吧。我最討厭交友軟件。

躺在床上，我拿著平板電腦，見證著她一字一字地即時輸入……

12

「戀愛中的他跟課室裡的他有很大分別。雖然他那張認真教授心理學知識，一臉嚴肅的模樣很帥氣，我一開始也被他的威嚴吸引，但偷偷跟我約會的他，總願意陪我做著那些不符合他年紀的幼稚行為。他的這一面是我獨享的反差。

例如我以為他只愛聽類似坂本龍一或久石讓的交響樂，在我陪他聽過幾場演奏會後，他也會陪我去野餐、去主題樂園、去聽我喜歡的獨立樂隊。每次想念他的時候，我都會去海旁聽April Love的演出。那是唯一拉近我們的喜好、一隊令他亦著迷的樂隊。每次到了點歌環節，我都會點那首跟他們曲風格格不入的廣東歌，那位主唱起初會拒絕，但我堅持了幾次，他也認得我這位粉絲，終於答應唱起來。

至於跟他在一起的最大遺憾，是本來我們」

Ko Yau寫到這裡就突然停住了。

我隔著螢幕陪了她一個多小時，她是否察覺到我這位陌生人開始有倦意？還是她自己寫著寫著也睡著了？

我閉上了眼睛，在入眠之前，想像她從一開始到目前為止所形容過的生活。

前上司答應了我提出的兩個要求，一是不追究梓賢曠工，二是我以後只做一些我感興趣的內容。

在回去報館上班前，我花了好幾天時間待在阿諾的二手書店，除了跟橘貓玩耍，也想像自己是Ko Yau，站在書櫃前，翻閱她曾閱讀過的書。而在其中一本書裡，有一句被螢光筆畫著——「生命是一襲華美的袍，長滿了蝨子。」

這段日子以來，我與阿諾亦開始熟絡，他會主動跟我聊起來：「為甚麼你一直餵飼釘釘卻又沒來過我的書店呢？雖然幾乎每個前來的人都只是玩貓而不是買書，但你連這裡有間書店都不知道，是不是太過分了？」

「你要我從商業角度，還是我的個人喜好來回答？」我邊看書邊答。

「你似乎很喜歡看書。我能夠從客人望著書的眼神，分辨出他們是否真心喜歡閱讀。」阿諾自豪地說著。

我環顧整間書店，再答阿諾：「這裡的裝潢很有書卷氣，而且你們把舊書分類得很整齊，絕對是一間好書店。」

「我爸爸之前每天由開店一刻就執拾至關店。」阿諾低著頭說：「只是這間店已經賠了好幾年錢，我實在不明白為甚麼還要經營下去。」

阿諾爸爸到底生了甚麼病，我不太敢開口問，只能安慰著他：「每間書店對待每本書的態度都不同，而每本書存在於每間書店都有其獨特的意義。我相信這些舊書在你爸爸的眼裡，都是跟著他的意思擺放。」

手上拿著書的我再舉例說，如果在其他書店內，我未必會遇上這本書。可是在這裡，我們遇上了。

「難道你也想過開書店？」阿諾問。

我笑了笑答：「類似吧。」

令我對活著失去熱誠的原因，有一半跟書有關。

我從褲袋掏了錢，買了手上這本可能被Ko Yau觸碰過的書，讓我本來空空如也的書櫃，再次擺放著一本書。

/13/

「姚皓澄，恭喜。」如果大家還記得我這位女性朋友，在經過一輪籌備後，她的畫室終於開幕了，所以在答應回舊公司上班的第一天，我就請了半天假。

皓澄的人緣不錯，一班大學同學跟舊同事到場支持畫室開幕。他們的對話大致重複，不是小時候都學過畫畫，就是很佩服及羨慕她放棄高薪追夢。

「你們有空也多來畫畫吧，有助放鬆減壓。」皓澄跟他們說。我留意到畫室裡有個打扮斯文的西裝男，樣子不算帥氣但正常，拿著酒杯站在一角，像為皓澄感到驕傲般望著她，偶爾給她一個微笑。

兩人對望的眼神曖昧，他還走到皓澄身邊，像對新人般跟賓客祝酒。我默默等待其他人陸續離去，而他終於都望一望手錶，在皓澄耳邊說了幾句。媽的！在他離開前，還輕吻了皓澄的臉頰。

「他是誰？」我立即質問皓澄。

「我男朋友。」皓澄執拾著酒杯。

「在哪裡認識的？妳先停手答我！」我開始激動。

「交友App呀。」她嚇呆了。

「哈！」我冷笑。

「你生甚麼氣？」她收起了一直的笑容。

「妳就這麼想要男朋友嗎？」我再說：「姚皓澄，妳天真得連交友App都相信會有真愛？難得終於辭職追夢，妳不是應該把時間和心機都放在畫室上嗎？」

「要你管？」她打開了畫室的門：「我不想跟你說。」

「要是被人騙了不要哭著找我！」我放下手上的酒杯，轉身離開了畫室。

我召了一輛計程車，看著不停上升的車資，想起銀行戶口的餘額，後悔蓋過了憤怒，我才問自己到底生甚麼氣？因為她一直瞞著我？還是我擔心她被西裝男騙財騙色？

直至踏進公司，眾人認真工作的氛圍令我暫時忘卻了皓澄的事。

名義上是第一天上班，但對於這間消耗了我幾年青春的報館，上至每位同事的名字，下至茶水間的零食有甚麼款式，我都仍然一清二楚，就像沒離過職般，走到屬於我的位置。

梓賢坐在我旁邊，打了個招呼，便專心望著電腦螢幕，留意有甚麼網路熱話。

上司知道我回來了，還是搭著我的肩膀，特地向所有人宣布我重返報館工作的消息。

大部分人都友善地笑著，拍手歡迎，唯獨有幾個同事流露出厭惡的目光，畢竟我曾經在這裡留下過破紀錄的業績。這也是上司特別優待我的原因。

當年，在我新入職的頭一個月，這間報館仍是傳統報館，而我的部門主要負責時事及政治新聞的稿件。

後來，社交媒體興起，報館宣布改革，轉型成為媒體廣告公司，不再報道政治敏感的議題，改以休閒、娛樂、潮流新聞為主。

大部分同事無法適從新聞內容的新方向，所報道的內容未能引起大眾的注意，沒有流量則無法引起廣告商的興趣。

然而，一向網絡成癮的我，突然由一個不懂報章刊物是甚麼的小薯，破繭而出蛻變成吸讚高手，一天就可以想出十多個吸睛又有趣的內容，每次發文都能破萬讚好，以貼地的口語入文為公司帶來了每天過百萬的瀏覽次數（其他同事只有幾十至幾百）。

我被上司賞識，破例地在試用期後升職加薪，不過亦因而成為了某些同事的眼中釘，而我的罪名是表現太好，顯得他們太差。

再後來，就在我離職前的數個月，公司連原創文章都不需要了，隨意在各大網絡論壇取材，加上一句「網民表示」即可成文，賺取點擊率。

至今亦沒有同事能夠打破我的紀錄，但公司業績愈好，我的熱誠便愈減退，最後我厭倦了網絡、討厭文字，決定辭職。

而且我還把悄悄經營了六年的寫文帳號關掉，反正只有一百多人追蹤，留言亦充斥文筆垃圾的批評，還是早點放棄好了。在我身邊知道這帳號的人只有皓澄跟梓賢，他們一直鼓勵我創作追夢。

我的夢想不是如阿諾所猜的開書店，而是寫小說。我並不歸究失敗於懷才不遇，只怪我的人生太平淡沒趣了。

我可以為公司寫出無聊的破萬讚廢文，卻無法為自己寫出引人入勝的小說。

不過，曾經想死的念頭卻成為了我現在的保護罩。現在我活著已不追求甚麼，純粹想看看世界還會發生甚麼事。任何人的批判已經無法再傷害我了。

「今天還欠一個帖子，有甚麼提議嗎？」梓賢打斷了我的回憶。

「隨便選一些女性英文名，然後標題寫『聽說叫以下英文名的女人都大胸』，一定有人留言的。」我答。

「哈……不錯，這招真的百試不厭。」梓賢邊打字邊說笑：「看來你轉數仍不錯，還以為你患有『文字創傷後壓力症候群』。」

默默盯著電腦螢幕一小時左右，我查到了想要的資料，於是站起來執拾行裝，把紙筆放進袋子。

「你去哪裡？」梓賢問。

「如果上司問起……」我這次答應重新回來，其中一個要求就是要寫有意義的報道：「你說我去了採訪一隊叫『April Love』的獨立樂隊。」

那隊見過Ko Yau的獨立樂隊，應該能提供關於她的線索。

／14／

我正在計程車上，前往一個婚宴場地。

其實由Ko Yau在遺書上提及April Love的一刻，我就一直在網絡上搜尋這對樂隊的資料。

但無論在Google、Youtube、Facebook或Instagram都找不到其蹤影，得出的結果都只是相關的電影、外國模特兒、一些假帳號（最誇張是用個裸男的背影作頭像）以及April Love便攜式手沖有機花果茶包……

按道理，一隊曾經在海旁演出而又有一定的粉絲量的樂隊，都會有個社交平台帳號，定期發佈一些表演片段，應該隨便找找就能成功起底，然後我便可以在他們下次表演時，上前詢問那位女生曾經點歌被拒的事。但很可惜，他們不只是獨立樂隊，幾乎是隱世……

我再問過幾位常聽本地獨立歌手的專家級音樂系朋友，但他們一致回答從未聽過那個樂隊名。

於是我只能回歸原始做法，再次逐一按進那堆取名April Love的帳號，先把外國女生、瑜珈公司、茶包產品篩選掉，只要其設定是公開帳號，我都會寧濫勿缺按一按。

花了半晚時間，查看過百多個帳號仍無功而還，但在放棄之際，竟在一個空白頭像的帳號，看到幾張香港風景照，其中一張正是海傍！

而僅餘的一段影片裡，有兩個青少年在自彈自唱著英文歌，發佈日期已經是七年多前，看來已是個荒廢了的帳號⋯⋯

該帳號只有二百多位粉絲追蹤，要逐一查問也不是沒可能的，只是要再花上幾天等待回覆，萬一這隊April Love並不是Ko Yau的April Love，那豈不是浪費人生嗎？不過，就如台灣作家九把刀所寫：「人生很多事本來就徒勞無功的」，只要有一絲機會，為了Ko Yau我也不介意徒勞。

「你好，請問你是April Love的樂迷嗎？請問你知不知道他們是否曾在海傍演出過？我也很喜歡他們的音樂，想知道他們的近況。」

我把這條看似騙案開場白的訊息，濫發給每一個追蹤了April Love的人。

以上由零開始的尋找April Love過程，足足花了幾天時間，直至剛才坐在報館的那刻，我才在一批已讀不回的訊息裡，收到一個比較有意義的回覆。

「我幾年前來旅遊時，被他們的歌聲吸引了，一直留意他們的作品，可惜突然解散了。」

一位本來被我略過的馬來西亞人回覆了我，還附上了一段模糊的表演片段。

「但那位主唱現在好像加入了另一隊樂隊，你可以問一問。」馬來西亞人再補充，並轉寄了另一個Instagram帳戶給我。

「謝謝你。」我回覆，心想一開始還以為他是個騙子……

打開馬來西亞人給我的連結，是一隊叫「純愛 Pure Love」的樂隊，由幾個人組成，專門在婚宴中演出。

一小時前，他們發佈了一則限時動態，正在某個婚宴場地設置音響，於是我立即離開報館，出發到他們打卡的地點，希望能來得及見到主唱一面。

15

婚宴位於郊區的戶外場地，我一下車已經聽到熟悉的流行曲旋律，正從不遠處傳來。

藍天白雲下一對新人在草地上進行證婚儀式。我在旁觀察了一會，趁著人人聚焦在新郎新娘的感人宣誓時，混入人群中一起笑著拍手，避開了接待處那位女生，不用回答「你是男家還是女家」的尷尬問題。

親朋戚友在一輪大合照後回到帳幕下的座位就坐，準備午宴。幸好婚宴正正是個你望著我，我望著你，就算不知道對方是誰，也只能微笑點頭的場合，沒有人過問我是誰，我繼續站在一旁，看著「純愛 Pure Love」的演出。

他們由兩男一女組成，女的負責電子琴，男的一個彈結他，一個主唱。

我重看了馬來西亞人發送給我的舊影片，片內唱著歌的平頭裝男生，穿著白色T恤，用黑色皮帶束著一條高腰淺藍色牛仔褲，拿著結他一臉憤慨的。

當時那位文藝青年，應該就是眼前這位一臉陶醉，笑容親切地唱著情歌的主唱。

雖然他現在穿著一套尊重場合的西裝，黑色短髮三七分界，架著一副斯文氣質的黑框眼鏡，像個上班族多過音樂人……

「由始至終／只有你一位／難以代替」

「而你使一天一天甜甜絲絲」

「夜空星星向月兒説／甜蜜是這戀愛預告」

難道其中一首就是Ko Yau點唱過的歌？

他的歌聲比新人誓詞更有感情和動人，對音樂及愛情都不太熱衷的我聽著聽著，都感到正被浪漫薰陶，跟隨著一首又一首的舊情歌墮進愛海，勾起回憶。

望著台上的新人，我的腦海中竟有一刻閃過皓澄跟西裝男的身影。現在回想，我在畫室的反應是否過大呢？

歌聲停了下來，原來是樂隊的休息時間。我趁著主唱坐在太陽傘下小休喝水，終於有上前搭訕的機會。

「你好，不好意思妨礙你休息，你唱歌果然很動聽，剛剛令我聽得由心甜出來。」這開場白好像有點誇張……

「哈哈，多謝。」他好像對我的讚賞不太受落，只客套地笑了一笑。

「其實我有一個問題……」我還是單刀直入算了。

「請說。」他沒看著我地回答。

「請問你是April Love的主唱嗎？」我拿出手機，展示著舊影片。問後我的心跳加快，萬一他秒速否認，那我這幾天的心機就真的白費了，而且再也想不到其他線索能找到真正的April Love。

他沒有回答是或不是，反而在聽到我提及April Love後就像看到債主般慌張，又像被掘出黑歷史般露出厭惡表情，把水樽放在枱上，不屑地走開，回到音響前。

我像個娛樂記者一樣，從他的表情及反應，就知道是他了，不然的話他直接否認就可以。接下來，我只需要不要臉的窮追猛打，應該就能問出真相。

換著是以前內向、被動、順從的我，已經會放棄再打擾他的念頭，為甚麼這刻的我卻有堅持的勇氣呢？

在等待期間，我坐在一個沒人看到的角落，就算有人經過，都只會把我當作場地的員工。

雖然不知道他在唱甚麼歌，但我這位門外漢都能聽出他在跟我聊天後頻頻失誤、心不在焉，偶爾更會走音，可是當他發揮正常時，又唱得比歌星還要好聽。

其中一首歌，直接把我帶回過去……大概我會為皓澄的事糾結，只因為她是我與初戀的唯一連結，如果她也離我而去，那我對愛情僅餘的一絲留戀便會截斷得清清楚楚。原來我的憤怒並不因為西裝男的平庸外表或擔心皓澄受騙，只是我害怕被遺下、遺忘及自私。

我拿出手機，打開了跟皓澄的對話，傳了一句「對不起」給她。

回憶的旋律停下，宴會亦結束，賓客逐批離去，眼見主唱跟樂手們正在搬運器材上車，我又立即走到他面前。

他見到我走過來，已經不耐煩地說：「你到底想怎樣？」

這次我知道已無法再客套地打開話匣子。

「我沒有打擾你的惡意，希望你可以給我幾分鐘時間，我有一件對我人生很重要，可能關乎人命的事想問你，只有你可以解答到我。」我誠懇地說出心底感受，不像剛剛般只掛著虛偽的笑容。

或許他被我沉鬱的表情打動，跟其他成員說了幾句，便拉著我到一旁。

我們開始說起關於April Love的一切……

／16／

主唱先自我介紹，他叫張超陽，的確是April Love的成員。

而我則用故事換故事，以表誠意先把我跟Ko Yau的相遇以及她曾經在海傍看過April Love演出的事告訴他。（但我把她跟老師的事保密。）

超陽沉思了一會才開始說：「那時我剛開始跟弟弟一起去街頭表演……」

兩兄弟自小開始聽不同國家的音樂，但同時愛上英國的樂隊文化，兩人一起學樂器及唱歌，那些年到街頭表演只為了興趣。

「所以弟弟就是另一位成員，那位負責彈結他的男生嗎？」我問，雖然跟影片不太像。

超陽並沒有回答，苦笑了一下，反問我：「你說的那位女生，我當然有印象。」

「真的嗎？她長得怎樣？」我衝口而出地問。

「她……」超陽回想著。

「等等！」我心想，萬一我知道了她的外表，可能會影響了這場心靈上的深度相遇，所以停住了超陽：「你只形容一個特點好了。」

「她留著一頭長度到肩膀上一點點的短髮。」超陽比著手勢形容。

「喔……」我在心裡想像，因為她之前出現在書店的閉路電視時，是戴著帽子的。

我再問：「所以你記得她點唱了甚麼歌嗎？」

超陽從西褲袋中拿出一包香煙，正想點火之際，看到不遠處的主人家和賓客們仍在合照道別，便把煙放回褲袋，再深吸一口氣：「不記得。」

「怎麼會？但明明你記得她！」我著緊起來。

「正確來說，我不是忘記了，而是根本不知道。」他解釋。

我滿頭問號的看著他，他叫我拿出手機，再展示那段馬來西亞遊客拍攝的舊影片。

「片段這麼模糊，難怪……」超陽笑了笑：「唱歌的是我弟弟……」

「甚麼……」我也驚訝地笑著：「原來你是那位站在後方，拿著結他的長髮青年!?」

「對。」他說：「真懷念當時，但沒法子……」

他沒有再解釋下去，我便再問：「雖然我弄錯了你們的身分，但跟你不知道她點歌的事有甚麼關係？」

這應該是超陽剛剛想點煙的原因，因為他緩緩地答我：「自從那一晚後，我們就沒有再一起玩音樂了。」

此時，超陽的女隊友過來跟他説已經執拾好物品，可以開車了，但他望一望我，再對隊友説：「你們先走吧，我跟朋友聊多一會後再自己走，今天辛苦了。」

女隊友點點頭，亦望望我，便上了小型貨車離開。

超陽解開了恤衫的頸喉鈕扣，示意我跟著他走，他跟新郎新娘道別後，我們便在無人的郊外走著，而他也終於能點燃香煙。

「當時我年少，對音樂仍有要求，我們之間承諾過只會唱原創及英文歌。」超陽呼出一口煙，我彷彿在煙霧裡見到他的搖滾影子，他再説：「有沒有人欣賞，我根本不在乎，到街頭表演也是弟弟的提議。」

超陽解釋，當弟弟答應Ko Yau唱那首歌時，他生氣得放下了結他離開，遺下弟弟一個人繼續表演。

「所以，很抱歉，我根本不知道那是甚麼歌，幫不到你。」他答。

雖然我明知從他口中是得不到答案的，但既然相遇了，便繼續聽他們的事。

「為了找到你們，我可是翻轉了整個網絡……」我跟他分享搜尋April Love的經過。

「哈哈，因為當我們決定解散後，我就把所有影片刪掉了。」超陽答。

原來，他們在社交平台上曾經發佈過不少作品，大部分的反應都很冷淡，唯獨那次超陽弟弟唱了那首廣東歌，引來了多人圍觀，上傳的影片亦是最多讚好的一次，不少留言稱讚感人動聽。

「我很生氣。為甚麼自己寫的歌卻無人欣賞？」超陽又再苦笑：「但……現在我已經沒資格批評了。」

超陽的意思是，他為了幫補生計，加入了「純愛」這隊樂隊，唱著一些當年自己勢死不唱的歌，還為此跟弟弟反目，可是最後妥協的卻是自己。

「既然你不再執著，那麼你們現在可以重組玩音樂呀？」我天真地問。

「你是做哪個行業的？」他反問，而我竟然猶豫了一會，很難跟別人解釋上班就是構思一些金句，引起大眾共鳴，於是我只回答他，我是一名記者。

他停下腳步，拿出手機按了幾下，再說：「那你應該明白，有很多事，正如創作，你決定放下了就很難再重拾，再加上跟弟弟是家人關係，情況更複雜。曾經青春過，大家現在生活得好就算了。」

超陽補充，弟弟自小就尊重他這位哥哥，所以弟弟反而覺得那一次是自己的錯。一個當年感到內疚而放棄，另一個則現在感到愧疚而不願提起。

「你跟弟弟還有聯絡嗎？」我問，超陽卻哈哈大笑起來。

「你看太多電視劇了吧！不在一起玩音樂就一定反目嗎？他剛剛也在現場。」超陽說：「是那位小型貨車司機，他每次都幫我運送器材。我們的關係仍然很好，只是對音樂避而不談，以免再影響感情。」

超陽說剛剛召了車，還有幾分鐘就到，他問我：「所以你要找那個女生出來嗎？」

「我想知道更多關於她的事。」我答。

「那你找我弟弟問吧，他應該記得那首歌。」他拿出了手機，叫我把電話號碼輸入到他的手機：「我會先幫你跟他交待一下，叫他有空便找你。」

「我還有一個問題。」我：「我正在寫一些都市的小故事，我可以把你們的事寫出來嗎？」

「我沒所謂。」他答。

計程車快要到達，他問我要不要一起走，但由於不太順路，我不想麻煩他便婉拒了，在他上車前，我不禁發自內心地跟他說了句：「你剛剛唱歌真的很動聽，我有被感動到，如果April Love還存在的話，我也會成為粉絲。」

「我弟弟唱得比我好更多。你一定要聽聽了。」超陽笑著答，關上了車門。

而我亦召了車子向去報館。

我的腦海再次浮現了婚禮的畫面及超陽的歌聲，讓我更期待寫下報道，以及跟他的弟弟見面。

／17／

「……至於跟他在一起的最大遺憾，是本來我們有機會一起去旅行。他的妻子會在暑假期間去澳洲探望移民了的外婆，足足有一個月之多！

我當時在腦海有很多想法，例如去他的家暫住，像老婆一樣服待他。雖然好想參觀他的家，但平日我們外出總要避忌，我想跟他嘗試自由自在地外出約會，他就不用特地改變打扮。

於是，我想到去旅行。他曾經承諾過某年生日會帶我去巴黎，一個我自小夢寐以求，一定要跟情人去一次的浪漫之都。

當我提出去歐遊的時候，他也沒反對，但就在準備訂機票之時，他的妻子收到了外婆病逝的消息，於是提早在暑假前出發，不過由於純粹幫忙處理身後事，所以縮短到一星期左右就會回來。

我當然很失望，哭了好幾晚！但他為了哄我，那個星期都陪著我，還在其中一天約了一位攝影師，帶我到了經過他佈置的天台，拍了一輯他形容為Pre-Honeymoon的情侶照。

我很清楚記得那位擅長菲林拍攝的女攝影師。我見到她真人時非常驚訝，一位文青打扮的小妹妹，拿著一部小相機，連助手都不用，竟然就能拍攝出這麼有藝術感的照片。

但可惜，相約了她取回照片的前一天，她工作室所在的大廈失火。起火單位正是在她隔壁的倉庫，火勢波及了她的工作室，幸好她及時撤離，只受了輕傷，但工作室內所有照片都被燒毀了，我也失去了那些唯一可以跟他當成婚照的相片。

更不幸的是，當他的妻子從澳洲回來，我倆的事終於被發現。」

就在我出發去找超陽的弟弟、April Love的真正主唱前，Ko Yau一口氣更新了一大段。如果在現實或網絡上聽到出軌事件，我一定會在心裡罵句賤女人，可是當聆聽著她的內心，預知了她的結局後，我只是平靜地閱讀著。

想起她說過寫完遺書後就會再次自殺的事，問題是我從來不知道她會在何時寫完，故事還有多長，我們還剩下多少時間？於是我加快了步伐，走到跟超陽弟弟見面的地點。

一輛黑色小型貨車駛到我面前停下，車窗緩緩降下，車內的男人跟我揮手問好：「嗨嗨，不好意思，你是那位我哥哥提及過的朋友吧？請先上車！」

見到真人後，他除了胖了一點、老了一點外，根本就是影片裡唱歌的人，一模一樣，真不明白我之前為甚麼會認錯人……

「哈哈，地方淺窄，要你在車裡聊天真的不好意思，哈哈。」他的氣場比他哥哥友善得多，總是掛著一副笑臉：「前幾天老婆剛剛生了小孩，所以今天才有空見你。」

「喔，恭喜！是我麻煩了你才對。」原來做了爸爸，難怪一直甜笑。

「聽說你要找一位女生，她曾經是我們的粉絲？」他主動提起。

「是，你唱過她點的歌。」我瞄到他在車上放著的文件，名字是張超雨。哥哥叫超陽，他叫超雨，但我覺得他給人的熱情感覺才較為陽光吧。所以，我也聊得較放鬆自在。

車子停在紅燈前。

「哈哈，那首歌……」他毫不尷尬地直接清唱起來：「車廂中雙手將禮物抱／新裝衣飾與我夜行／要到午夜裡給你／一刻驚喜的深吻……」

他唱歌的時候，收起了剛才的傻笑，換上了一份深情，空氣頓時凝固，我也停住呼吸，深怕會吵到他。如果超陽的動聽程度已經是滿分十分，他會是超越聽眾預期有一百分……

我像置身於那些當紅歌手在車廂內唱歌的外國綜藝節目，聽得如癡如醉，當他唱起副歌時，我才認得歌詞及旋律。

盡情愚弄我吧
我自行回家／沒有眼淚要留下
不要忘記／我不會是個笑話

盡情愉快吧／但願憑殘忍代價
來年將生命美麗昇華
若忘掉你／感覺很差
讓這灰姑娘被醜化

「哈哈，失禮了。」開車時，超雨停住了歌聲再說：「她點這首歌時，我頭幾次都拒絕了。」

「因為你哥哥說過只能表演原創歌。」我答。

「她當天身邊明明有個男人陪著她，兩人非常甜蜜，卻點了這首苦情歌，還聽到落淚，所以我對她很有印象。」他微笑著答。

「但後來的事……」聽過他們的歌聲，我感到可惜。

「我哥有跟你提過我倆為甚麼會開始寫歌嗎？」他問。

我搖搖頭說不知道。

「說起來都挺好笑，他是為了去世的倉鼠，而我則是為了剛分手的初戀。」他再補充：「我們都是憑歌寄意抒發哀傷，他寫的歌叫《My Hamster》，而我的就是《April Love》。」

「所以隊名叫April Love？為甚麼不是My Hamster？」我突然換上了記者的頭腦。

「因為我猜拳贏了，哈哈，那時很純粹吧？」超雨答。

「說實，你們放棄了音樂，真可惜……」我慨嘆。

他叫我拿起放在車頭的筆記本，我打開看看，內裡全是英文字及旋律。

「跟哥哥在音樂路上分道揚鑣後，的確陷入了人生低谷，但要我放棄音樂等於叫我去死。」他苦笑：「就當只是累了，暫時放下。」

他說在公路上駕駛時，靈感源源不絕，一有空便會寫在筆記本上。

「當時以為失去音樂，就失去一切。」超雨把車停在路邊：「但原來相反，就算失去一切，我還剩下音樂。哥哥有他自己的發展，我亦過著自己的生活。即使我現在創作的音樂只寫在筆記本上，我都很滿足了。」

「我有跟他提議過你們可以一起再次演出。」我陪著他下了車，他開了車尾箱，便替在路邊等候的客人把幾箱貨物搬到車上，客人把收貨地址告訴他後便離開。

我們回到車上，他說如果不順路，可以載我到附近的鐵路站。我看看他在手機上輸入的地址，有點詫異，於是回答他，我也要去這裡。

他專注地駕駛，口中哼著旋律，腦裡應該想著老婆及初生寶寶。而我則想著剛剛留意到小型貨車車身上有凹痕。

「所以你還有事要問嗎？」他問。

「不知道你哥哥有否跟你提及過，我其實是一位記者，正在寫一些都市裡的小人物，所以想報道你們的故事。」

「哈哈，那我會上新聞嗎？」他又笑著。

「算是吧。」我想起公司的網頁，已經被廣告及農場文淹沒。

「好呀好呀，隨便隨便！哈哈！」

我拿出手機，為他拍了幾張照片，也錄下他在車廂裡唱歌的畫面。

我望向窗外，知道快要抵達目的地時，想起還有一條最基本的問題要問。

「所以……為甚麼是April Love？不是March、February、October？」

超雨笑了好一會後才能冷靜答我：「就因為遇上的初戀女友叫April呀。如果她叫May就會叫May Love，叫June就June Love了。原因就是這麼沒原因，哈哈。」

車子停在一個地庫前，一個瘦削的男生站在路旁。他看到車上的我亦同樣詫異。

超雨下車走到車尾，跟瘦削男生說：「這些書很重，幫你搬吧。」

我也幫忙搬了其中一箱。

超雨把書搬進店舖時，望了橘貓一下，我也把紙箱放好，站在阿諾身旁，跟超雨說：「他是我的朋友。」

超雨從褲袋拿出了兩張卡片遞給我們：「那就好了，以後你們再有甚麼貨物要搬，大大小小，路程遠近都好，務必都請找小弟。」

阿諾跟我收過卡片後都點點頭。

超雨說怕被警察開罰單，所以要趕回車上，臨走前他在我耳邊說：「剛才未回答你，我也想跟哥哥再合唱，等一個時機吧。」

橘貓見我到來，叫了幾聲，像在投訴書店一片淩亂，阿諾彎著身子，把一本又一本的書從地上放回書櫃。回家的路上，我戴上耳機，聽著Ko Yau所點唱的《灰姑娘》。

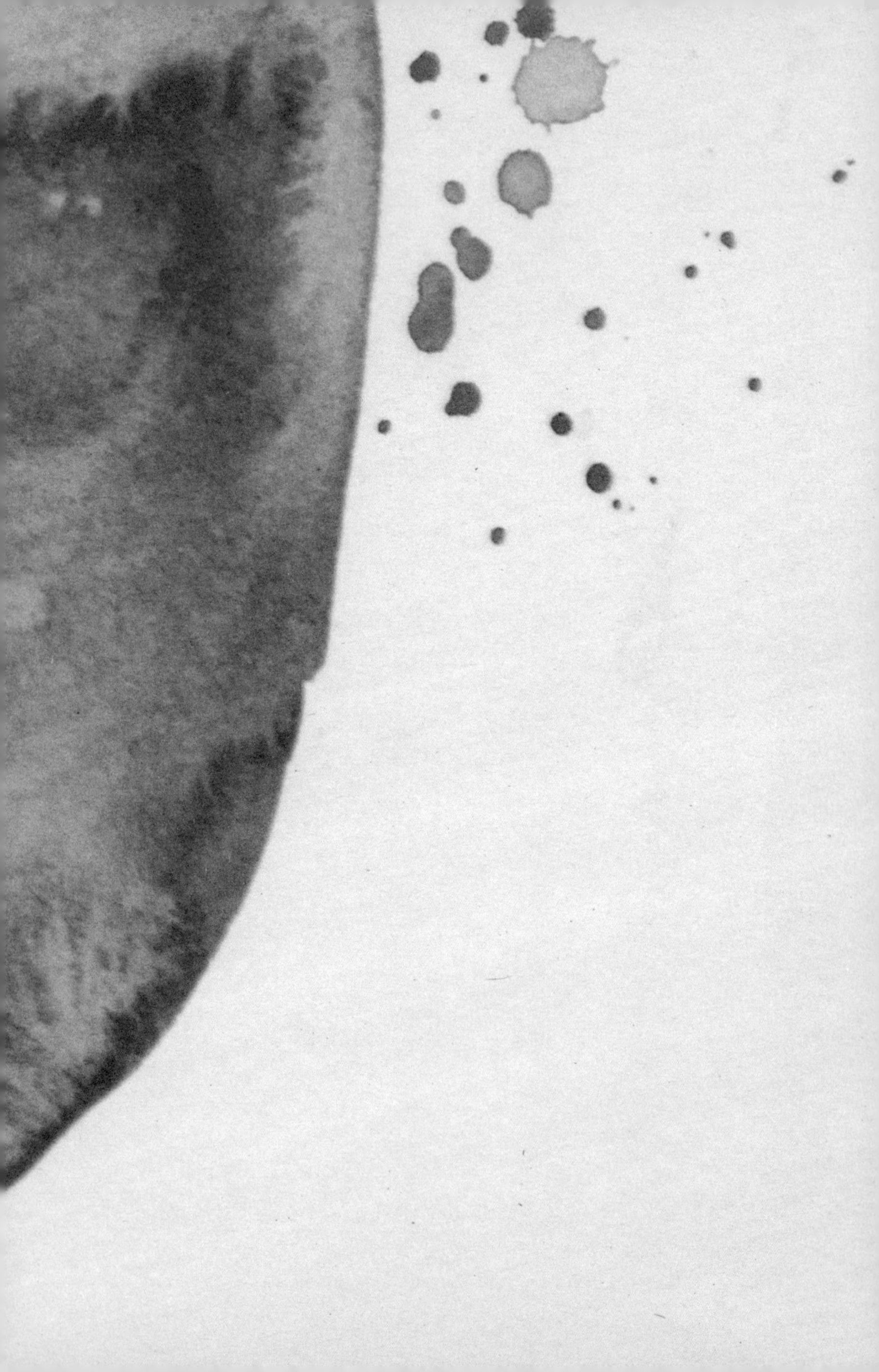

第三章

失焦的照片

／18／

我久違地關掉全屋的燈，倒了一杯威士忌加冰。電視機亮著螢幕，隨機播放著一首又一首廣東歌，成了我寫稿的背景音樂。

「兄弟……歌……夢想……」但是，我受到太多悲傷的旋律影響，無法好好構思訪問稿的標題。

我以為這陣子遇見了這麼多人，情緒會變好，但那短暫的笑聲原來只能抵過日間的寂寞，卻不足以捱過夜間的孤獨。

當剩下一個人的時候，我又萌生想死的念頭。

揮之不去的沉鬱，突然被幾句日文歌詞劃破。

我抬頭望著電視螢幕，那位女歌手在影片裡滄桑地嘶吼，像在控訴生命的絕望。我再細看歌手跟歌名，是中島美嘉的《僕が死のうと思ったのは》（中譯：曾經我也想過一了百了）。

雖然我聽不明白當中的日文，但眼淚卻不自覺地隨著她的哭腔而流下。

我把歌曲循環播放，像一次又一次被伸手拯救，痛苦逐點逐點釋放。

整晚我都在研究歌詞、這首歌要表達的意境，以及關於中島美嘉的事。原來她曾患病，在幾乎失聰之下卻沒有放棄唱歌，而她正正想透過這首歌鼓勵無助的靈魂，唱出在萌生尋死的念頭後，最終遇見希望的經過。

我讀著影片下的留言，九千多個失落的人答謝她用生命演出，以及這首歌怎樣陪他們捱過低潮。

我彷彿碰到了許多迷失的同伴……

我想起超雨說過沒有了音樂，等於叫他去死。但他暫時放下音樂一段時間，重拾生活後，音樂其實沒有離開過他。

「我是不是也該再次嘗試呢……？」我心想。

雖然那個寫作帳號已被我刪掉，但我在電腦裡還保留了當年的文章，在重溫下才感受到當年的年少氣盛、憤世嫉俗，文章裡全是罵人、罵世界以及自以為是的觀點。

現在的我回看過去的自己都覺得討厭，更何況是別人？難怪當年的留言全是負評，罵我垃圾，叫我不要再寫。

我能不能以文字，就像他們用歌聲一樣，在滿足夢想之餘，在離世前亦能把溫暖留給世界？

Ko Yau 的遺書暫時沒有再更新，但我見到她的名字在頁面上停留，就像陪在我身邊一樣。

既然我們因命運而遇上，她選擇把寶貴的回憶跟我分享，那麼……我也想通了。

我再次寫下生命中最後的文字，不是要為所有人帶來溫暖，而是為了她一個人，讓她看到我的存在，讓她繼續存活。

在漆黑中，我仍聽著中島美嘉的歌聲，電腦螢幕亮著一線曙光，引導我從長時間迷失的黑暗裡掙脫出來，再次擠進了那道名為夢想的入口。

我摒棄了過去，重新開設了一個寫文的帳號，取了個新筆名——高游。

19

「垃圾！你花了幾天去採訪就寫這種垃圾文？」上司Don氣沖沖的從辦公室走來對我破口大罵。

他所罵的並不是我以筆名高游所寫的文章，該帳號目前還未公開，只有我自己看到。令他生氣的是關於April Love的訪問。

大概兩小時前，當我寫好那篇訪問後，仍然無法想出一個吸引的標題，便向身旁的文案大師梓賢求助，他讀過稿件後，亦罵著我：「你還當我朋友嗎？這麼有趣的事，卻不預我參與？」

「我現在就問你呀！標題怎麼寫好？快想！我想趕在中午時間發佈。」因為午飯時間大家都會看手機。

「我才不會幫你！」他口是心非，臉上已是一副正在沉思的樣子。

他一言，我一語，大家隨意說出意見，我倆回到了一起共事的美好時光，不再孤軍作戰。腦震盪一輪後，拋棄了幾個想法，他最終拍一下手，雙眼像發現寶藏般望著我說：「這樣吧，港版Oasis，兩兄弟為唱情歌解散，轉戰婚宴歌手，貨車中寫歌。」

我想了想，修改了一下，便發佈了超陽及超雨的音樂故事——【港版Oasis】為生活解散樂隊　兩兄弟堅持音樂盼再合唱。

然後，我再附上超陽在婚宴演出及超雨在貨車唱歌的照片及短片，成功趕在中午十二時正發佈。

我跟梓賢捧著飯盒，坐在螢幕前盯著網絡上的反應，畢竟這是我回巢後的處女作，不容有失。平日以我百發百中的觸覺，一分鐘至少有一千讚好，一小時更輕鬆破萬，但現在兩小時過去，文章就只得五個讚好，還要有兩個是我跟梓賢自讚……

留言亦只有一個：「好難聽。」

我在心裡罵了句髒話，然後就聽到上司從辦公室出來破口大罵，全公司安靜，空氣都凝固了。那個曾經一鳴驚人的天之驕子，以被寄予厚望的姿態強勢回歸，如今卻淪為了同事間的笑柄。

雖然我說過不再理會別人的目光，但現實的失望卻始終叫人難受，連頭都不敢再抬起。

我裝作沒事般望著電腦螢幕，好不容易捱過了幾小時，就下班前一秒，我關掉電腦準備速逃時，梓賢用力的拍著我，叫我再看看讚好數目。

「10……132……1560……3151……6420……7998……」我一直按著更新鍵，半小時後如一夜暴升的仙股般終於破萬……稱讚的留言亦以洗版式湧現。

「高質文！」網民甲。

「隱世歌手，支持復出！」網民乙。

「兩個都唱得動聽，耳朵懷孕了！」網民丙。

辦公室開始議論紛紛，上司再次從辦公室走出來，笑臉迎人，恭恭敬敬的望著我說：「果然沒看錯你！我早就知道你能幹！」

我表情冷漠，像看透世事一樣裝酷：「正常發揮而已，預料之內，有甚麼好出奇。」

內心其實澎湃得想大叫。

上司轉身後，梓賢立即跟我擊掌，久違的成功感讓我倆興奮不已，重拾信心。

梓賢以演算法的理論分析著說：「爆紅原因應該是這間公司的平台裡，已儲了一班只看無聊圖片的讀者群，所以一開始沒反應，但文章慢慢傳播到其他受眾後，就開始受到關注。不過始終是你寫得好，Good Job Bro。」

梓賢說他也不想再創作沒意義的帖子，叫我以後做訪問時都帶著他，不過當我想點頭答應時，背部突然被戳了一下，我轉身望去，是一位年紀和我相若的女同事。

我記得，她是其中一位不太喜歡我的同事——中文系出身所以文筆很好，更精通日文和韓文，對新聞採訪充滿熱誠，但正因為公司的變革而使她變得不起眼，沒有發揮的空間。

「我……很喜歡你……那篇訪問。」文青長裙打扮的她吞吞吐吐著，害羞得令我以為她要表白。

「喔，謝謝。」我友善地笑了一下。

「請問我也可以加入嗎？」她緊張地問：「我一直好想寫不同主題的人物訪問。我會努力配合你的。」

其實以她比我還要好的寫作水平，並不是只能配合我的，而是絕對可以獨當一面。

我望一望梓賢，再望一望她：「嗯。妳有甚麼意見或想訪問的人，隨時跟我們聊一聊吧。」

「太好了，那你有空就將我加到你們的群組吧。」女同事把她的電話號碼告訴了我，便笑著離開。

我重看了那篇訪問稿，總覺得差了點甚麼，梓賢想也沒有想就解答了：「照片拍得太差了，下次要找個攝影師跟你去。」

我想起了一位擅長菲林拍攝的女生……

20

April Love的故事引起愈來愈多人關注，各新聞媒體都相繼報道。

超陽及超雨在私底下各自答謝我用文字演活了他們的音樂路，超雨更說現在有不少顧客都是為了聽歌而召他的小型貨車。

不過他們暫時還未有復出的打算。

上司見網絡反應熱烈，立即叫我去他的房間，問我：「你再多寫幾篇好嗎？最好一日幾篇，我知道你可以的！」

我順勢反問：「寫不是問題，但也要有質素，我需要攝影師為受訪者拍照片，圖文並茂反應會更好。」

通常為了業績有求必應的上司這刻竟然遲疑了。原來公司發現我之前一張圖一句字的做法可行，於是開源節流，辭退了美術部及攝影組的同事。我到底害了多少人失業。

「那我自己去找攝影師可以嗎？能給我多少預算？」我堅持地問，在公在私都真的需要找到那位攝影師。

「隨你呀，你覺得合理就可以，公司全力支持，不過反應要跟上次一樣好，不！要更好，我相信你的能力。」上司又再說廢話。

既然綠燈亮著了，我便趕緊向前走，把Ko Yau在遺書上提及過的女攝影師資料重整一遍，然後再在網上搜尋。

「菲林拍攝」、「女攝影師」、「失火」、「倉庫」。

由於以上的關鍵字太獨特，不像超陽超雨兄弟般隱世，那位女攝影師的名字及作品已經出現在螢幕上。她叫叮靈，應該是暱稱吧。

事情總不如我想像中順利，看過叮靈那些扣人心弦、畫面充滿故事性的作品後，我再讀到一則關於她的專訪，標題為「女攝影師作品盡毀　茹素學佛轉教瑜伽」。

她已經放棄了攝影。

但那篇報道只有草草幾句，在介紹完她的基本資料後，便詳述玩瑜伽的好處，看到最後才發現，原來這文章不是訪問，而是一篇瑜伽服飾的廣告文。

「這位女生很漂亮，難道你想自肥嗎？」梓賢拍一拍入神地看著螢幕的我。

他跟文青女同事都站在我背後。

「你準備採訪她嗎？有甚麼特別？我可以幫忙的。」文青女同事問。

我跟他們解釋公司需要聘請攝影師，而她是一位好人選。

他們問我有沒有特別的主題可寫，兩人都技癢已久，忍不住想動筆。

我想了想：「有一個專門救貓的小食店老闆，以及一間由年輕人打理的舊書店。你們自己選擇吧。」

「我有養貓，我想訪問小食店老闆！」文青女同事主動爭取。

「我沒所謂，就去舊書店吧。」梓賢問我：「那你呢？」

而我，要親自拜訪叮靈。

21

「為甚麼當年的天才少女要放棄攝影？」

「學佛有甚麼特別原因嗎？」

「她對Ko Yau仍有沒有印象？」

我滿腦疑問。

叮靈的瑜伽班只接受女生報名，我唯有找個女生陪我。

雖然文青女同事希望在工作上幫我，但因為我另外要打探Ko Yau的事，女同事比我更專業，會察覺到我正在問不相關的事情，而且總不能讓一個外人知道太多。

我只好找皓澄，亦可為著上次「呷醋」一事親自道歉。

其實自從上次傳過一句「對不起」給皓澄後，我們已經回復日常對話，只是能面對面溝通一次，才能確保兩個人真的把心底話説開，解開心結。

推開畫室的門，我提起拿著蛋糕的右手跟皓澄説：「我買了妳最愛的抹茶千層蛋糕。」

正在畫畫的她笑著跟我問好，然後指著另一邊的枱面答：「哎呀，你們想把我養胖嗎？」

原來，她的西裝男友剛剛趁著午飯時間，亦專程為她買了蛋糕，跟我同一款式，同一口味。

「你不會又呷醋吧？」她説笑。

人説戀愛中的女人最美，我終於在她臉上的燦爛笑容感受到。我倆認識了這麼多年，她都從未散發過這麼幸福的氣息。

我望著那件同款蛋糕，亦笑說：「真好，以後有人照顧你，我就少很多麻煩。」

「我不會丟掉你的蛋糕啦，要我胖死都吃，那好吧？」皓澄停下了畫筆。

「我也怕你太胖……一人吃一半啦。」我隨意拿了張椅子，捧著蛋糕坐在她的身旁。

皓澄的畫室比開幕那天多了很多工具，幾幅又幾幅的畫在畫室中平排擺著，上面放著應該是學生的半完成作品。

我們吃著蛋糕聊起來，她說：「我有好多漂亮的女學生，你有空一定要來認識一下。我覺得有幾個很適合你。」

她不知道我的心現在只記掛著Ko Yau。

「我應該會忙一段長時間。」我深吸了一口氣，除了分享重返報館工作的事，還告訴了她我重新寫作：「妳是第一個知道的。」

「真的嗎？帳號是甚麼，我要做第一個粉絲！」她比我更高興，蛋糕也差點掉在地上。

我搖搖頭說：「這次我想先準備好，因為太重要了。」

她望著畫室的角落：「我一定支持你，真的，如果不是你，我根本沒有開這間畫室的勇氣，現在也不會有人買蛋糕給我吃。我想你都會幸福，我有一段時間很擔心你，所以無論放工有多累都要上你家要你陪我吃飯，我怕你想不開。」

聽到皓澄的說話，想起那晚想尋死的自己，我的心停頓了半秒。雖然再一次想把她不知道的事全部告訴她，但又不想破壞這刻的美好，讓我享受久違的甜味。

當她把最後一口蛋糕吞下，我便開始說著公事。

「所以為了讓你聘請到攝影師，我要去上瑜伽堂？」她問。

「哎，就當是剛剛吃完蛋糕要還債吧，我會付錢的，有人請做運動又可以瘦，不是很好嗎？」我說服她：「妳剛剛才說會全力支持我。」

「我認識很多攝影師，可以介紹給你。」她裝作畫畫。

「就只有她一個適合。」我走到她的旁邊哀求。

「她叫甚麼名字？漂亮嗎？身材很好所以你要找她？」她問。

「可靈呀。」我答。

「你直接告訴她你是記者想做訪問，不就可以了嗎？」她。

「那樣不夠誠意，要發掘受訪者更深的故事，就需要非一般的誠意。」我。

「但我沒有瑜伽服。」

「我買給妳！」

「那麼我要……」她奸笑著說出那個最貴的品牌。

希望可以跟公司報銷吧……

「我約好時間再通知你。」皓澄說即將有學生上來，要先執拾準備。

窗外一道陽光照射在畫板上，我望著空白的畫紙，腦海浮現出叮靈按下快門的畫面。

22

「當他的妻子在澳洲期間，他搬到我家居住。怎料某天有位他妻子的朋友在街上遇見了他，本來想上前打招呼，卻發現他走進了一棟舊唐樓，還偷拍了一張照片。

當他的妻子回港後，拿出照片質問他，雖然照片上只拍到他模糊的背影，但依然能清晰認得出是他。在無可否認的情況下，他保護了我。跟妻子說上樓嫖妓。我不知道他的妻子最終因為甚麼原因而原諒了他，可是為了安全起見，我們暫停見面一個月，而在這個月，我搬到了附近的一棟大廈。

那是一段苦澀的日子，唯一能嚐到半點甜的時刻，我在搬屋時召了一輛小型貨車，男司機旁邊的副駕駛有位女朋友陪伴著。熱情的他跟我分享著說女朋友是他的初戀，雖然曾經分過手，但輾轉下成功追回了她。司機高興得在車廂內哼歌，動聽得讓我暫時忘記了對他的掛念。

抵達新居時，司機不忍心我一個女生搬搬抬抬，於是主動替我把東西搬上樓。幸好有他，他在走前還給了我一張卡片，上面印著『泗月運輸』，叫我下次搬屋時再找他，他笑著說要努力為將來儲奶粉錢。

我帶著這份善心與甜蜜搬到新居，住的不再是狹窄的舊唐樓，我以為可以有個新的開始……」

這次她還留下了訊息給我：「陌生人，如果我的故事已經吸引不到你，你不用勉強陪我，我的世界本來就只有我一個，已經習慣了。」

讀過Ko Yau的遺書，我在凌亂的書枱上找回了超雨給我的卡片，當時沒細心留意到卡片左上角所印著的「泗月運輸」。

雖然已是半夜，但我還是忍不住發了個訊息給超雨：「有空請致電我。」

我的手機竟然立即響起來。

他：「嗨，你不是想半夜搬東西吧？」
我：「怎麼你還未睡……」
他：「哈哈，我是『夜更爸爸』，剛剛才餵完夜奶。」
我：「原來那個點歌的女生，曾經坐過你的小型貨車！」
他：「真的嗎？」
我：「你還幫她搬過家，你有印象嗎？就在上次那間書店附近的。」
他：「哎……我每天都幫人搬東西……」
我：「那時你剛剛跟初戀復合，她還會陪你送貨。」
他：「很久以前了……現在寶寶都出生。」
我：「噢……」
他：「對不起。」
我：「是我打擾了你才對。」
他：「沒關係，我都只是在寫歌。」
我：「哦？決定復出了？」
他：「有跟哥哥聊過，但再遲一些吧。」
我：「期待，那我不打擾你了，加油。」
他：「如果我突然想起，就立即告訴你。」

掛線後，雖然有個重要線索從我手上溜走，但想深一層，我也是個淩亂的人，連發電郵打擾她都不想，就算知道了她家的地址，難道我會立即衝去找她嗎？我還是以適當的步伐靠近她比較好。

我在Ko Yau的遺書旁邊開了一個新視窗，播放著《灰姑娘》，開始寫下我想寫的故事，直到天亮。

車長聲音通知尾站到此／鐘聲響起正午夜時
似要替下葬的愛／加添悲哀的色彩

翌日，我收到了皓澄的訊息：「我約好瑜伽班了，今晚六時。」

我開始構思跟叮靈見面時的開場白。

叮靈的瑜伽室位於蘇豪區一棟商廈，我跟著皓澄走進了電梯。

「等一下我要怎樣配合你？」她按下關門鍵。

「自然就可以了。」我看著正在上升的樓層數字。

「那你記得配合我。」她說著令我不明白的話。

皓澄推開瑜伽室的大門，一個束著馬尾、皮膚白皙的大眼女生正在整理地上的瑜伽墊。

「你們好，脱好鞋就隨便進來吧。」她的笑容是我遇過的人之中最友善及最親和的，好像一看到她的臉就會隨即心平氣和。

瑜伽室內亮著柔和的黃燈，每個角落都點燃了應該是木味的香氛蠟燭。

「謝謝你們報名情侶瑜伽班，你們可以先去換衣服。」可靈歡迎著說。

我沒反應的呆了半秒，她們互望微笑，皓澄才開口：「哈哈……他很少做運動。」

「沒關係，純粹放鬆就可以了。」叮靈有耐心地解釋：「我會按大家的柔軟度安排動作，不用太擔心。」

叮靈連雙眼都會說話，瞇起來閃閃發亮，望著她的笑眼，頓時令人心頭一暖。

她繼續整理瑜伽墊，皓澄打了我一踭：「都說了叫你配合我！」

「搞甚麼……誰叫你報的是情侶瑜伽。」我摸著痛處。

「要親身玩一次才算有誠意，對嗎？」她學著我說話。

「我沒帶運動服。」我想逃避。

「一向細心的我當然連你的份都買了。」說罷，皓澄從袋裡拿出一套男裝運動服：「驚喜吧！哈哈，今天我是個霸道的女朋友。」

「……我認輸。」我只能被迫著去換衣服。

換好了衣服，我跟皓澄依著叮靈的專業指示，完成了一個又一個以前只在網絡上看過的瑜伽動作，不算太吃力，而皓澄則比我更投入到瑜伽中，因為我的目光都專注在叮靈右手背上的一道小疤痕。

我們完成最後一個動作後，叮靈便帶著我們做了一會冥想放鬆：「今天的課堂到此結束，希望你們喜歡我的教學。」

我故意叫皓澄洗澡洗得久一些，讓我有機會跟叮靈對話，但反而是她主動打開話匣子。

「你跟你的朋友感情似乎很要好。」叮靈仍散發著一股正面的氣息。

「朋友？」我反問。

「不是嗎，哈哈。」她遞了一杯熱茶給我：「我從眼神裡看得出來，你們應該不是情侶，但沒關係的，都歡迎一起來上堂。」

我喝了口茶，過了幾秒：「因為攝影師的觀察力嗎？」

叮靈並不察覺到我的意圖，只像閒話家常般回應：「你來上課前的準備比剛剛的熱身還要充足。」

時間有限，皓澄始終無法拖延太久，我只好直接表明來意：「那是我身為記者的本能。」

我再跟她解釋了想請攝影師為受訪者拍照的想法。

「妳擅長的菲林攝影，一定會令訪問更具故事性。」我說。

「的確是，但我不會再拍照了。」她拒絕我時仍保持著友善的態度。

「如果是人工的問題……我可以跟公司爭取的。」我堅持地問。

「攝影的吸引之處，在於捕捉的一瞬間。即使同一個人、同一個地點、同一部相機，都不能拍出同一張照片。眼神、天氣、表情、角度……全部都有所不同，而菲林底片更是只得一次機會。」她收起了笑容，氣定神閒認真地說：「無論給我幾多錢，我都無法再拿起相機，喜歡攝影的我亦在一瞬間過去了。」

親耳聽著她富有佛理的說話，我才記起她潛修佛學的事。

「因為那場失火嗎？」我問道。

叮靈呆了幾秒，表情像在追憶著過去。皓澄從更衣室走出來，察覺到氣氛有點凝重，拍一拍我的手臂望著我，我在她耳邊輕聲說：「妳先去穿鞋子，在門口等。」

等到皓澄的身影離開了我們的視線，我再開口：「其實，有一位對我好重要的女生，她曾經找過妳拍攝情侶照，但她最近嘗試過自殺。我從她的遺書裡知道妳的事，她說妳的照片曾經讓她擁有過最接近幸福的時光，所以……」

「你叫你朋友先走吧。」她打斷了我：「上了一整天的課，肚子餓了，你陪我吃頓晚飯，好嗎？」

這次換我被她出其不意的回答嚇呆。

「謝謝妳……我去跟她說……」我感激著，心想，她願意再聊下去，難道本著我佛慈悲的心？

23

帶著我去吃晚飯的叮靈，穿著的不是上課時的瑜伽服，而是換上了全黑色的藝術家打扮，黑色背心配修身的黑色牛仔褲及黑皮鞋，放下了馬尾，留著一頭柔順的深啡色長曲髮。

她收起了正能量滿滿的笑容，臉上稍有疲態，但那份清新脱俗的氣質依然叫每位路過的男人回頭注視。

「你有甚麼是不喜歡吃的嗎？」她問。

「沒有，妳想吃甚麼都可以。」我答。

除了這兩句，我們一直保持沉默，她大概在思考著怎樣跟我解釋整件事，而我則是耐心等待。

穿過酒吧區，在燈紅酒綠下，她帶著我走進了一間素食餐廳，甫坐下便叫了幾樣食物，依然板著臉，直至她把那件素咕嚕肉放進口裡，再扒了幾口飯，才展露笑容跟我說：「呼，只要我肚子餓，就不想說話，現在好得多了，剛剛說到哪裡？」

原來，她剛才並不是在沉思，而是肚子餓，女生的思維真難猜透……

「我朋友曾經找過妳拍照，地點是在一個經過佈置的天台，但後來因為失火一事，她無法取回那些照片。」我再次說著，也吃了一件酸齋。

「嗯？但你不是想找我幫忙攝影嗎？兩件事有甚麼關係？」她像不會飽般一直在吃。

我一時語塞，兩者的確沒關係，但我嘗試釐清一下：「我剛巧遇到了她，阻止了她自殺，從她的文字中知道妳擅長菲林拍攝，而剛巧我公司需要攝影師，所以就找到妳了！」

「但你叫朋友來約我上瑜伽班就不是剛巧了吧？」她說笑後，開始認真聊起來：「雖然我剛剛開始學佛，太深的道理我也不懂，但你所說的『剛巧』，我比較喜歡說成『一念』，我們每一刻的念都主宰命運，而我則是因為當時的一念，害死了一條生命……」

她點了杯熱茶，雙手捧著杯緩緩地喝著。

「之前我不想跟人交待太多，怕家人擔心，只說我不在現場就算……」

當杯子空了，她嘆了口氣，像是叫自己鼓起勇氣面對過去。

大廈失火當天，她本來有外攝工作，但客人臨時取消了，她便回去工作室整理一下照片，晚上再跟客戶見面交收。大概下午時分，她嗅到燒焦的味道，便走出工作室看看，發現隔壁的倉庫正冒出濃煙，其他人大叫起火了，開始求生逃走。

叮靈返回工作室取了些重要物品、相機及一些菲林。但當她再次踏出工作室時，火勢已經燒到倉庫門外，她嚇得把手上的菲林都跌滿一地，同時她見到走廊上有一隻貓。

那隻貓是由其中一個租戶放養的，偶爾她工作累了就會走到走廊跟牠玩，替牠拍照。

「當時我竟猶豫了半秒該撿回菲林還是抱著貓一起逃走，而當我決定想救貓時，火舌從倉庫門口冒出，嚇得貓跑到另一邊，我也只能立即逃生。」她低著頭說，摸著右手上的疤痕：「幸好只是輕微燒傷……」

她特別補充，如果不是貓的出現，她或許仍在撿拾那些散落的菲林，當中有些更滾到倉庫門外，那到時候就不只是輕微燒傷手而已。

「如果我不是回頭去取菲林，貓便不會遇到我，如果不是被我妨礙了逃跑，牠也不會跑往另一面。」

後來，叮靈逃出大廈外，留在現場看著消防員救援，一個一個人被陸續救出來，卻始終見不到貓的身影。但自此之後，每當她再拿起相機，腦海內就會浮現出貓的樣子，使她內疚得無法集中，手亦震得無法好好拍照。

「所以，不是我不想幫你，而是沒辦法。」她說，自那天起，她便每晚失眠，只有在做瑜伽及冥想時才能放鬆心情，所以後來更選擇了茹素和對佛學產生興趣。

「雖然我仍然很喜歡攝影，但一生之中無時無刻都在變化，攝影師只是我從前的一個身分，我也沒必要執著。」

我覺得叮靈這番說話，跟超雨說暫時放下音樂有著差不多的意思。

她揚手跟侍應說結帳，我以為今天的對話到此結束，但在離開餐廳時，她又說出了一個超出我想像的提議。

「你可以陪我回家嗎？」她見我似乎想錯了方向，立即糾正：「我有你想要的東西給你。」

她的家就在瑜伽室附近，我們走了一段回頭路，她便叫我在她家樓下稍等，大概十五分鐘左右，她又再走到我身旁。

她遞上了一張照片。

「那些拍得不滿意、客人不喜歡或失焦的照片，我都會保留在家。」她說。

我接過照片，背景跟相中人都一片模糊，只能隱若見到一男一女的身影。

「這是她嗎？」我不禁問。

「我只拍攝過一次天台的佈景，而且她在拍攝期間把我拉到一旁，在耳邊跟我說了一句令我對她很有印象的話。」

「她說了甚麼？」

「她拍照時雖然甜笑著，但眼神充滿淡然的哀傷，我看得出來。最後她跟我說：『請妳替我倆拍一張失焦的照片，因為我與他的愛情永遠是個秘密。』而你手上的就是那張失焦的照片，如果有機會，你幫我轉交給她吧。」

當我凝視著手上的照片時，叮靈再補充：「我保留了這張照片多時，現在能交到你手上，正是因為你決定來找我的一念。」

「她是怎樣的？」我問：「但不要告訴我她漂不漂亮。」

叮靈再走近了我，然後把手放到自己的頭頂：「她跟我一樣高，即是到你的肩膀左右，而且……她的笑容比我更甜美。」

「既然妳常常講一念……」我聽到她形容的Ko Yau後，心裡有股莫名的衝動：「現在我只有一個想法……希望妳可以教我攝影。」

她遲疑著，我再說服：「如果有機會，我也想留住她的笑容。」

這時有幾個醉酒的男人路過，但多大的喧鬧聲亦無法打擾我與叮靈的對望，她把雙手插進牛仔褲袋裡，眼神深邃地望著夜空，回答了我：「相遇是緣，錯過也是緣，所有遇見，皆有因果。」

「即是……」我內心焦急著。

叮靈將雙手從褲袋內抽出來，合十笑著說：「即是……我覺得你學攝影的天分比學瑜伽高，先旨聲明，我每個星期只有星期一有空。」

「沒問題！」

我把Ko Yau的照片小心翼翼地收好，雖然鏡頭下的她失焦了，但在我的心裡卻是清晰地存在。

而且愈來愈清晰。

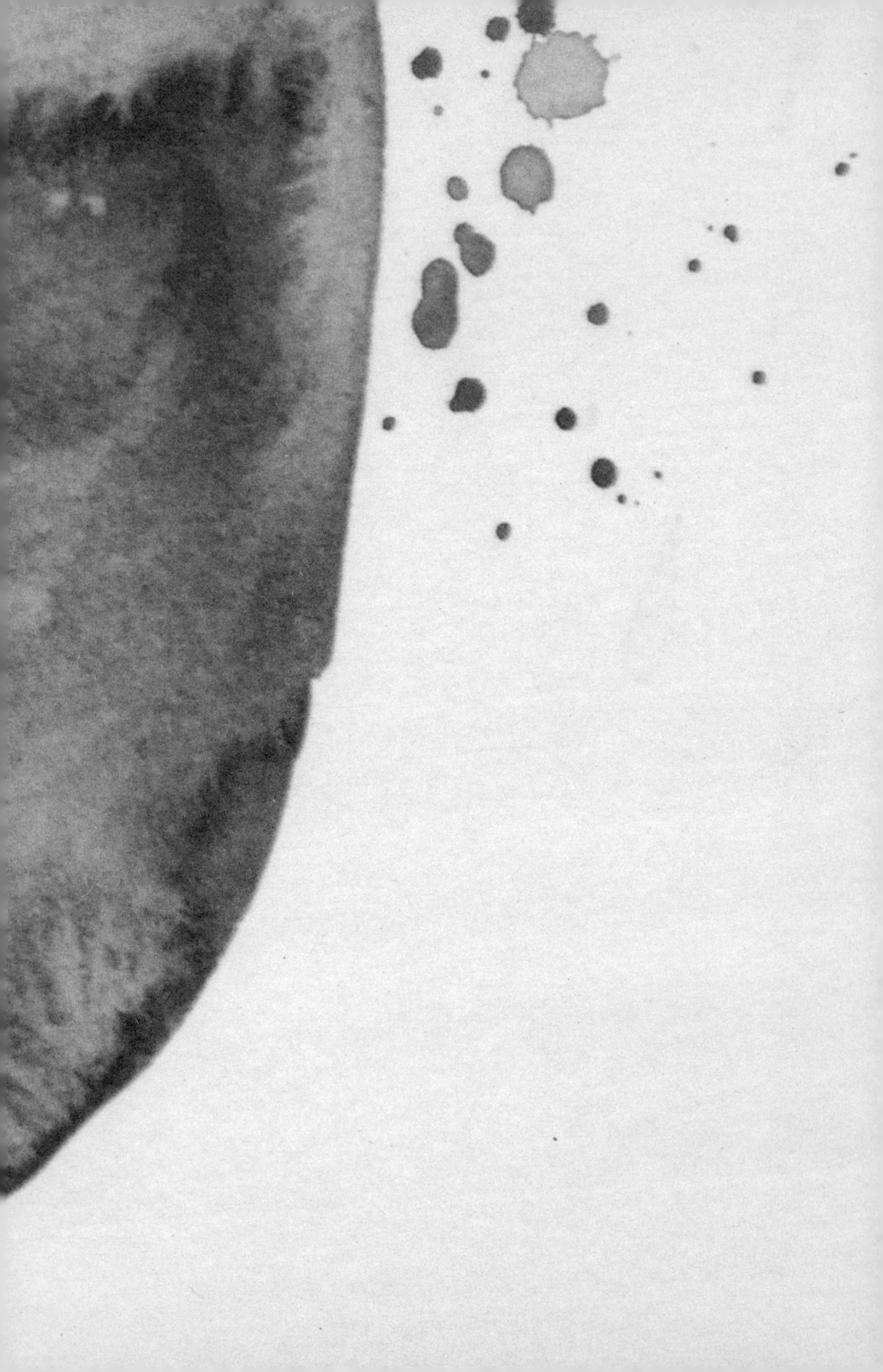

／第四章／

褪色的海浪

24

最近在腦裡要處理的事情愈來愈多，手機的通知亦常常彈出來。

先是每星期跟叮靈學習攝影的概念及基本技巧，甚麼光圈、快門、景深通通由零開始。記得有晚她又叫我到她家樓下，把其中一部私人珍藏的菲林相機交到我手時，猶如武林高手傳授內功給弟子，說：「攝影最重要的始終不是技巧，而是你怎樣用雙眼去看這個世界。」

然後，她還把一大堆過往拍下而僅存的照片都送給我，叫我慢慢參考。

不過我回應她：「相機及相片，我都是跟妳借而已，終有一天我會還給你。」

報館方面，攝影一事由於請不到叮靈幫忙，所以跟了幾位攝影師合作，但始終拍不出我想要的故事感，只好叫自己加快步伐，親身上陣。至於梓賢跟文青少女都愈寫愈多能引起迴響的訪問稿，例如環島遊背包客、模型收藏家、大學古堡詭秘史、舊電器回收及小腦萎縮症患者……

唯獨有兩篇訪問稿一直放在資料夾裡，其故事性尚未足以發佈到網絡。就是小食店的胖大叔及二手書店的阿諾，兩人的訪問稿尚未到開花結果的一刻。

文青女同事曾經幾次到訪胖大叔的小食店，更試過陪同胖大叔一起去救貓，寫下了驚心動魄的過程，可是她沒有著墨過胖大叔的過去與感受，變相他只是個救貓的好心人，而好心這回事，在網絡上留不過一天。

於是，我久違地出現在他的小食店前，他剛巧一個人在顧店，喝著汽水卻像喝酒般哀愁。

他一見到我便出於自然反應的為我端上不同小食：「哦？工作太忙吧，你瘦了，要多吃點！」

「謝謝。」我吃著最愛的燒賣，感激這份老一輩總擔心你瘦的問候及體貼：「今天不用救貓嗎？」

「說起來，多得你那篇報道，這幾天都有人主動問我要不要幫手，多了人關注我們的機構呢。」他坐在我對面，像頭親切的熊，再說：「不過大多都是問問而已，真的來幫忙就只有一、兩個。」

欸？

「你可以給我看看那篇報道嗎？」我放下了手上的魚蛋。

胖大叔按了按手機，然後遞了給我：「寫得不錯呀。」

「那不是我們寫的。」我望著另一種排版風格：「是另一間報館的。」

「幹！難怪把我拍得那麼胖！」胖大叔罵道。

不同媒體報道同一件事是常見的事，對此我並不驚訝，但那篇文章正如我所料反應不算太好，不但沒有動人的故事，而且連救貓過程都欠奉。

我把手機還給唉聲嘆氣的胖大叔，他便言歸今晚的正傳：「真想喝酒……」

一向豪爽直率的胖大叔，這夜的眼神中流露著無盡的後悔，我也是第一次從他身上感受到孤獨。

「不能功虧一簣呀。」我學著他由小食店的冰箱取出兩罐汽水，遞了給他。

「今天是我跟前妻的結婚紀念日。」他說。

「喔……」看不出胖大叔原來這麼念情：「一直沒見過面嗎？」

胖大叔搖搖頭：「她辦好離婚手續後就跟我斷絕聯絡了，這也正常吧，況且我們之間又沒有小孩。」

提起小孩，我問為何不見三色貓，牠躲在哪裡睡覺了？胖大叔卻說牠不在店內。

「終於有人領養Milk Milk了。」胖大叔說：「昨晚的事而已，我也不捨得。」

欸⋯欸⋯欸⋯!?

我的反應比訪問被人捷足先登更大：「牠不是你第一隻救起的貓嗎？我還以為你會一直養牠⋯⋯」

想起胖大叔善良地笑著，在我面前抱起三色貓，畫面窩心得如抱起自己的小孩，我的心傳來陣痛，他們也會以後再不相見嗎？

「我照顧每一隻貓，都希望牠們可以到一個舒適的環境生活。」胖大叔說：「Milk Milk也是等了很多年才有人想領養，有一個真正的家。」

我很想說牠可能比較喜歡胖大叔、比較想待在這裡呢，但我把這些話壓抑在心裡，無謂再令他更加沉寂無語。

「只是……我怕不捨得，所以昨晚牠被接走時，我不在店內，領養過程也交由其他人跟進。」胖大叔站了起來，走到小食店門口，望著三色貓常常躺著睡覺的位置，輕輕說了句：「再見，好孩子。」

我想起了今夜來訪的初衷，原來當你發掘一個人的內心世界，那些深刻的往事往往會附帶著空虛、後悔或遺憾。

或許，那個收藏在文件夾裡的文字檔，已經是最好的版本……至少當時的照片裡還有三色貓及胖大叔那個熟悉的笑容。

/ 25 /

「自從有了自己的家，我終於有個完整的廚房，而不是只靠電磁爐解決每日三餐，為了讓他每次來我家時都能吃到不同的菜式，我跟著網上的食譜鑽研廚藝，只是我們失聯了好一段日子。雖然每晚都會想念他，但我跟他承諾過不會主動找他，以免影響他的生活。

我也終於添置了一個屬於自己的書櫃，不過花了幾晚時間才親手砌好。當時的我望著書櫃心想，要擺滿所有我愛看的書！

這裡附近有一間二手書店，人流不多，老闆很好人，即使我在那裡看一整天書都不會嫌我阻礙總在執拾及整理書籍的他，他還跟我分享店舖是由他爸爸創立，他自小就在書海裡成長，中學畢業後就接手書店。但知道經營書店實在困難，他亦因為每天搬搬抬抬而常覺得腰痛，即使內心想兒子繼承書店，也不敢影響只想專心考上大學的他。

他問我來過這麼多次，書店有沒有改善的空間，我答書本已經很齊全了，不過有隻貓陪伴的話，或許會沒那麼孤獨，亦可以為客人帶來歡樂，例如我這位很愛貓但沒法養貓的客人。

後來他真的領養了一隻成貓，是我最愛的橘色貓，聽說身世好可憐，不過戴著紅頸圈的牠很好可愛，我每天中午都會去餵牠。

除了書店外，我還常常到一個能讓我暫忘鬱痛的地方……」

Ko Yau 最近幾次更新遺書，都是隔一段時間再寫上一大篇。難道她也跟我一樣，因為暫時仍選擇生存，所以要為生活上發生的事而忙著？

當我讀著她這部分的遺書前，手上正在翻閱著叮靈給我的那些舊照片。

同時間，有幾個資訊衝擊著我腦袋。

一是確認了她曾經在書店出現；

二是解釋了她為甚麼會救橘貓；

三是我從救貓群組傳來的一張照片發現了……

我想立即致電叮靈，但她習慣在晚上十時後便會關掉手機，獨自抄經冥想，所以只好留待翌日。

我讀著梓賢為二手書店寫的訪問稿，他筆下所形容的書店跟我去過的完全不同，但店主又的確叫阿諾，是個瘦削男生，因為爸爸生病而暫代店長。

叮靈及書店訪問的事，都只能在日出後解決。

就如最近的每一個深夜，我繼續以高游的筆名，在那個尚未公開的新帳號，獨個兒寫下我的故事，投入只屬於我自己的世界。

26

「妳今天下午有空嗎？我要帶妳到一個地方，很重要的。」

一直工作至早上十時，在這一刻叮靈回歸電子世界，我就立即傳訊息給她。

「我要上堂。」她的回覆總是簡短。

「妳上完堂後立即來可以嗎？真的真的對妳好重要，一念又好，一百念妳都一定要來！」我再傳送。

「你把地址告訴我。」

我把那張照片放進褲袋，出發去胖大叔的小食店，因為這件事亦可能跟他有關，可是當我去到他的店時，平日早餐時段總有一條排很長的隊伍，今天卻一個人都沒有，因為店鋪外貼著「東主有喜，休息數天」。

我的心慌了慌，難道胖大叔傷心過度？生病了嗎？還是……我立即致電給他，但他關掉了手機，我在救貓群組詢問胖大叔的消息，也是沒有任何人知道。

早上仍是甚麼都做不到，只能回公司等待時間過去。

最近我開始為訪問拍照了，梓賢及文青女同事都覺得不錯，特別是同樣愛好菲林攝影的文青女同事，她亦有一台跟我同款的相機。

自從學懂了運用如叮靈所形容的「攝影眼睛」來看這個世界，每天都發現到有趣的畫面。從前沒注意到的某些人或事、物或景，只因以往我被絕望籠罩著，對擦身而過的一切都沒留心過、在意過。

我不時看著手機，梓賢察覺到我的心不在焉，問我是否有甚麼事，我趁著這個機會打開了我的新寫作帳號，展示給他。

「你這個人……又偷偷瞞著我！」他讀著我寫的文字：「但這次的故事構思及設定都很棒，有發佈到網絡上嗎？」

「遲一些吧，再看心情。」我沒有告訴梓賢這是真人真事，就連我自己也不知道結局。那些文字，亦可能是我的遺書。

「你享受就好了。這次你要多相信自己，我仍可以在這裡工作，順利過渡人生低谷都只因為你。我有很多次都想親口道謝，但你懂的，男人的感受始終放在心裡……」梓賢突然感動得想握著我的手。

我倆的深情對話被一直在身後的文青女同事看在眼裡。希望她不要擅自把我跟梓賢構想成BL小說。因為她經常把男明星男歌手的照片配對成CP貼在辦公桌上。

「那篇救貓的訪問稿可以發佈了嗎？已經很久了……」她每天都會語帶委屈地催促著我，因為覺得寫得很動人。

「再等一下好嗎，因為那個胖大叔現在……」我一時語塞，難以解釋。

梓賢亦不識趣地插嘴：「還有那間書店……」

我們三個人都無語的望著大家，想不到回來公司反而會令我更苦惱。

幸好這時叮靈致電給我，說學生病了不來上課，我便立即把書店的地址告訴她。

「我現在就去書店拍照，回來後便發文吧。」我出發前跟梓賢說。

我比叮靈早到書店，竟然真的如梓賢所寫的「書店除了有可愛的貓店長駐守，更以非傳統的方法把書本分類，例如今個月就以書本的顏色排列，一踏進店內猶如置身於彩虹之中，非常適合打卡！」。

店內的裝潢亦時尚了許多，有幾位打扮得像網紅的漂亮女生正在店內拍影片及自拍。

阿諾的衣著配合書店的風格，不再穿球衣短褲，而是恤衫長褲，還配上了一副高檔的黑框眼鏡。

他見到我時熱情有自信地主動打招呼，還說：「你好久沒來了，很有新鮮感吧？真的要感謝你上次刺激了我的靈感。」

「欸？」我忘了自己說過甚麼。

「你當時說……」阿諾像角色扮演一樣，站到我旁邊，一字不漏地把我的話演繹出來：「每間書店對待每本書的態度都不同，而每本書存在於每間書店都有獨特的意義。我相信這些舊書在你爸爸的眼裡，都跟著他的意思擺放著。」

「所以，到我接手了，我也要用自己的風格經營。」阿諾站回我面前，以自己的口吻補充：「所以現在這些書就這樣擺放著，不錯吧？爸爸亦同意書店要與時並進，對我的想法很滿意及支持，我已經想到很多不同的主題了！」

難怪上一次見面時，書店一片凌亂，他把所有書都拿了下來執拾著。

「我幫你拍張照吧？上次同事寫的訪問需要照片。」我說。

鏡頭下的阿諾成熟了許多，更克服了過去，有了自己的想法，再也不是那個講話結結巴巴的瘦削男生，而是正正式式成為了稱職的店長。

我拍下了他站在彩色書海前的笑容。

「橘貓呢？」我也很想牠。

「喔，忘了跟你說，牠暫時留在家裡。」阿諾答：「但放心，牠不是生病了，而是……」

本來還想再問關於橘貓及胖大叔的事，但那些女網紅拉走了阿諾要求合照，真幸福……

我走到書店門外，等候著叮靈。

不知道Ko Yau還有沒有來書店餵橘貓呢？

我本以為叮靈會穿著瑜伽服趕過來，誰料她又是全黑的打扮。雖然她的年紀比我小，但礙於她是我的老師，我反而是恭恭敬敬的一方。

「一個小時後我要趕回去上課，你所說的重要事是甚麼？」她一臉嚴肅地問。

我指著書店門口：「妳為她拍過照的女生，即我那位要自殺的朋友，她曾有段時間來過這間書店。」

「所以她在裡面？」她再問。

「不，但裡面的佈置用心又特別，而這篇訪問對店主好重要，妳可以親自指點我該怎樣取角度拍照嗎？」

幸好我人急生智想到了這個原因。

當叮靈引導我取景的遠近距離，及在哪一邊可以突顯到阿諾的輪廓時，一個中年女人走進店內，伴隨的是我從來未聽過的貓叫聲。回頭一看，橘貓已從中年女人的手上跳了下來，一邊叫一邊走向叮靈，在她的腳邊磨蹭。

但這隻橘貓不是釘釘，而是另一隻。

叮靈蹲了下來，全身顫抖著，尤其是那隻正在靠近橘貓的右手，抖得像不受控，她輕聲吐出一個名字：「柑仔……？」

橘貓再嬌嗲地喵了兩聲，主動用頭頂上叮靈的手，像在告訴叮靈，對呀，就是我。

「牠不是叫柑仔，是叫冬菇。」中年女人跟我和阿諾說，她是胖大叔的貓義工朋友。

我一臉疑惑地望著阿諾，他跟我解釋，這隻流浪貓是胖大叔之前一直想救的，前兩天終於有義工成功救到，但聯絡不到胖大叔，於是問阿諾可不可以暫託在書店裡。

阿諾及中年女人莫名的看著平來怕人的流浪橘貓在撒嬌，亦不明白這位清純又有氣質的女生，為甚麼會在抱著流浪橘貓時哭得崩潰。但我望著流浪橘貓的藍色頸圈時，記起了兩件事。

第一，中年女人說牠叫冬菇，即是我第一次遇見胖大叔時，我阻礙了他所救的那隻流浪貓。

第二，我從褲袋取出那張舊菲林照，遞了給阿諾看，照片裡的叮靈笑著抱住一隻戴著藍色頸圈的橘貓，阿諾當然也認得，問道：「你的朋友是冬菇的主人？」

我舉起了相機，答了阿諾一句：「不，但她都一直在心裡記掛著。」

叮靈抹去眼角的淚，一直摸著流浪橘貓的頭，當年在照片裡的笑容及姿勢，都被我的快門捕捉了。我把舊照片還給了叮靈，她跟阿諾及中年女人述說了貨倉失火一事。中年女人亦解釋了後續，最初發現流浪橘貓的地點，的確就在叮靈工作的大廈附近的一條後巷。

「實在太好了……」叮靈的眼眶又紅了起來，當年的一念，貓救了她，而貓跑往的方向亦不是死亡的絕路，而是來到了這間書店，為我們帶來了溫暖。

如果胖大叔都在現場，見證這個重遇的畫面就好了。我與叮靈踏出書店，在門口前，我們像經歷完一套電影後散場，露出難以至信的表情，互望微笑著。

「謝謝你……」她有點害羞的低著頭說。

我回望店內的流浪橘貓，再望著叮靈，我開始相信，無論是剛巧又或一念，每個看似微不足道的決定，事情是好是壞，都有當中的意義。

我叫叮靈伸出雙手，把菲林相機交還到她手上。

「我這刻在腦裡又有一念，不如妳收養流浪橘貓？」我問叮靈。

從這段日子學習攝影而得的觀察力，我看得出，此刻的她望著手上的相機，又望望店內的貓，那個重拾自信的堅定眼神，就是當為Ko Yau留住幸福，擅長菲林攝影的天才少女。

27

「ChiYinnn 要求追蹤你」

「YiuYiuChing 要求追蹤你」

我按下接受，粉絲人數由零變二。

自從叮靈再次拿起相機後，她的瑜伽室有一半空間都劃分為攝影工作區以及流浪橘貓的居所。每當訪問上有需要拍照工作，這位大師都會出手，而我便可以分配多些時間到我的寫作上。

專注了好幾天，故事寫得七七八八，快到尾聲了，於是我的私人世界終於迎來了兩位遊客。

「但是……」我告訴梓賢及皓澄：「你們不要給我任何意見，也不要擔心我。我只能有勇氣透過文字跟你們分享。」

在那幾十個帖子裡，提及過我想自殺的事，而他們也終於知道Ko Yau的存在，因著我的封口令，他們只是默默地讚好，見面時亦裝作甚麼都不知道。

因著文青女同事的催促，我每天都記掛著胖大叔的事，早上及夜晚都會去他的店舖一次，那張「東主有喜」的告示，已經由休息幾天延續到十幾天。

就在其中一晚，我本著純粹路過的心態，竟從遠處就見到小食店傳來的燈光。

我加快步伐，半跑半走到門外，胖大叔若無其事般，哈哈大笑說：「嗨。」

我著緊地上前質問他去了哪裡，卻留意不到餐廳的角落正坐著一位略胖的大嬸。

胖大叔拉著我走到門外，生怕我亂說甚麼：「你找我有事嗎？」

「你突然消失了，我才想問你發生了甚麼事！」我略為激動。

胖大叔回身望望大嬸，再跟我說：「你沒看到告示嗎？我有寫著『東主有喜』呀，年輕人真的不夠細心。」

大嬸從店舖內走了出來，不苟言笑的她跟胖大叔說：「我先回去了，你跟朋友慢慢聊。」

「好，好，小心點，回去後告訴我。」胖大叔像個初戀少年般跟大嬸說話。

我們又再坐在店內，他說：「她回來了。」

胖大叔見我無法理解，像教導小孩般跟我解釋誰是她：「年輕人，講了你都不會相信，但這是真的。我前妻從報章上看到我救貓的事，見到我那張英俊的大頭照，竟然回來了我身邊。」

他中間略過了重遇的過程，我要求他再講得詳細一些。

「原來她都想養貓，所以在網上搜尋領養的資訊。」胖大叔說：「結果找到了關於我的新聞，再領養了一隻貓，東主有喜的日子，就是我去了教她養貓的時候，幸好那隻貓……我很熟悉牠的生活及個性。」

這次不用胖大叔解釋，我都知道他指的是三色貓Milk Milk，我笑說：「所以，她最後連你都領養了？」

「哈哈。」胖大叔的豪邁笑聲再度傳入我耳內：「觀察期吧，我要表現良好，她才答應再跟我一起。年輕人，難以置信吧？」

「信。」我跟胖大叔分享了叮靈跟橘貓的事，他也很可惜自己不在現場。

「找天你要帶我見見這位女生，如果你喜歡人家就勇敢追求呀！」胖大叔已經裝上了一顆戀愛腦，但我也為著他的失而復得高興。

翌日回到公司，我終於可以跟文青女同事說，我寫了一些新內容，如果妳覺得沒問題就可以發佈了。

【內有洋蔥】小食店老闆救逾百街貓 獲妻原諒重修婚姻

文章配上叮靈所拍的藝術級相片，雖然我們不是首間媒體報道，卻憑著大叔的善心及好結局，在網絡上賺人熱淚，感動逾萬人。

28

「在他離開後的日子，我愛上了看海，因為望著大海，我的心就會靜下來。雖然有好幾次我也想過不如跳下去，但我不想玷污這片美麗的風景。

每當落霞時分，我都會見到一對老夫老妻坐在長椅上吹著海風，望著太陽緩緩落下，那是我一直憧憬的幸福畫面。

大概一年後，我已經不想再接觸任何人，我盡可能都不再外出、不再拍照、不再下廚、不再打扮。鏡內的我愈來愈憔悴消瘦，我討厭看到自己。

我懷念海邊的風景，想在死前再看最後一次。海面沒有因誰的離開而停止流動，但原本那對老夫老妻的相偎，只剩下白髮老伯的孤獨身影。

我不敢問他婆婆去了哪裡，只知道他每個傍晚仍堅持跟太陽道別。

連生活中最後的一份甜都從我身邊消失，我果然無法為任何人帶來幸福，我所遇見的人最終只會遭受到不幸。

幸福原來好難。

我累了。

也不想再服藥了。

我只想跟過去道別，了結我糜爛的一生。

PS：陌生人，謝謝你一直的陪伴，我留了一份禮物給你。」

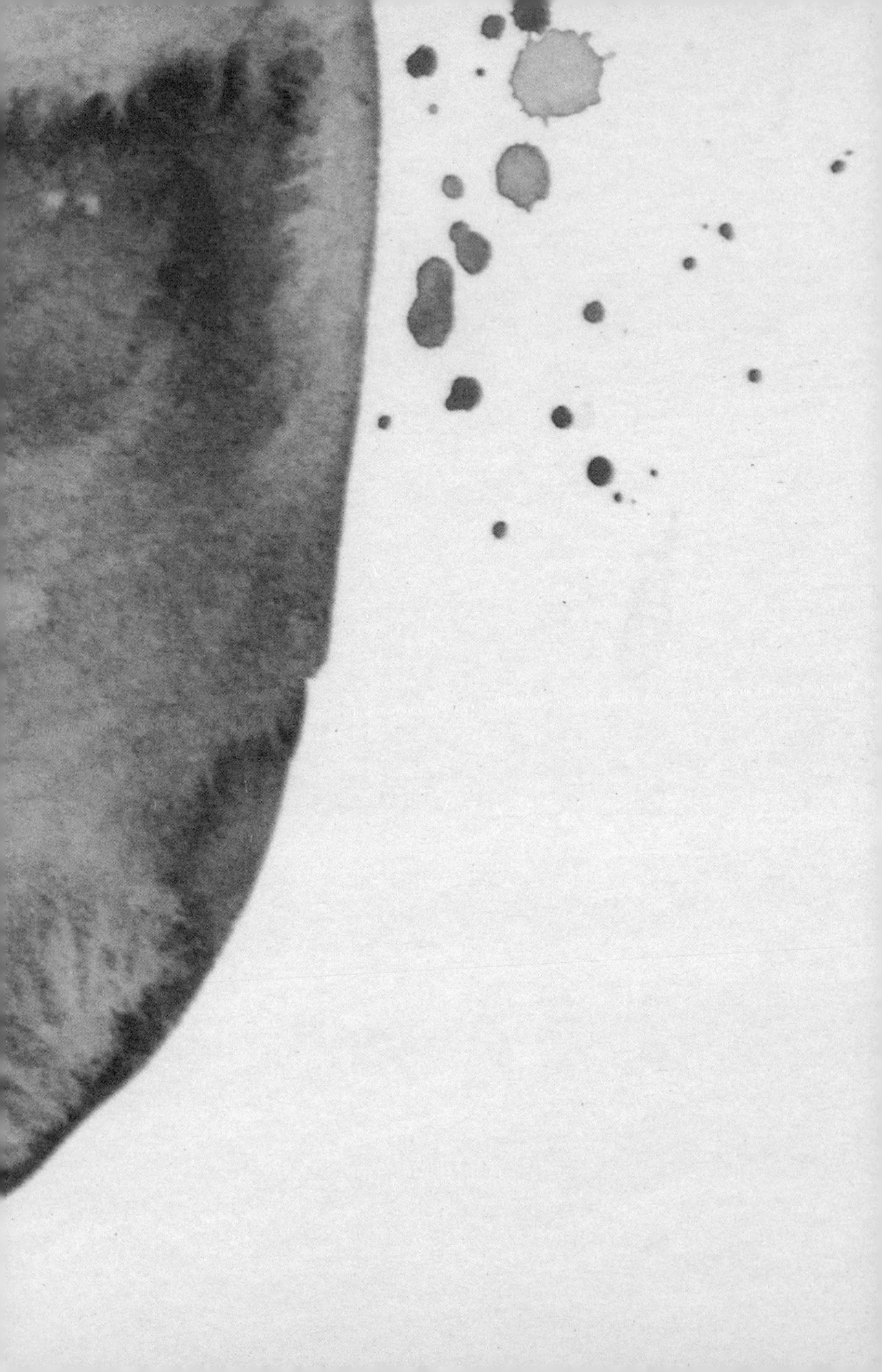

第五章

失聯的情感

29

這一刻突如其來的發生……

我望著電腦螢幕，她所輸入過的字逐點逐點消失，像見著她一級一級的步上樓梯，直至遺書上空白一片，猶如死前一刻的腦袋，甚麼都不再去想，只想跟世界道別。

我立即拿起手機出門，跑到初次見面的那棟舊唐樓，我沒想過這天會來得那麼快，我忘記了尋死只需要一刻的憂鬱，我甚至習慣了她在身邊，以為她不會離開。

愈趕時間，愈是會碰到紅燈。手機顯示的時間，正是當晚我踏上那條絕路的凌晨時分。我從遠處看到有一輛警車，幾個警員在圍觀著甚麼，我以最快的步伐向前跑，幸好他們只是在檢查醉酒青年的身份證。

我繼續衝前，踏進舊唐樓，一級一級向上走，推開天台門……同樣地，見不到她的身影。

我立即拿出手機，收到通知電郵已經被登出，我再也看不到那份遺書，當我嘗試再登入電郵卻顯示密碼錯誤。

我以自己帳戶傳電郵問她在哪裡，千萬不要死，但郵件卻傳送失敗，她設定了拒絕接收任何來郵。至於「Airdrop」的可傳送對象，也沒有Ko Yau這名字。

她從我的世界消失，亦不再讓我踏足她的世界……

除了一直在這裡守候，這刻我甚麼都做不了。

這時我只想到一個人，在半夜時或許只有他幫到我。

他很快便接聽了來電，我立即問：「你在小食店嗎……」

「在呀，怎麼了？有事？」胖大叔聽出我徬徨的語調。

「我在天台……你可以現在過來嗎？」我問。

「哪個天台？你冷靜點，別做傻事。」他喘著氣問。

「我跟你第一次碰面的那一棟，即是你去……」我。

「知道了，我現在趕來。」胖大叔打斷了我。

我擔心Ko Yau已預料到我會趕到這裡，所以轉去其他地方，在胖大叔出現在我面前時，我講述了Ko Yau的情況，然後提出了一個任性的要求……我想請胖大叔安排其他人手在附近查探一下。

胖大叔沒半點猶豫，立即在救貓群組錄音，說有緊要事，關乎一個女生的性命，誰有空可以幫忙。

群組裡的人一個又一個回答有空，願意幫忙的人一直湧現。

胖大叔安排了他們怎樣分隊、要去哪裡、做些甚麼之後，放下手機，拍著我的肩膀說：「他們知道是你需要幫忙，二話不說答應，除了舊義工外，還有許多人是見到你幫我寫的訪問而加入的，你放心吧，胖大叔一定幫你。」

胖大叔站在我身旁安慰著，雄厚的身影讓我有種安心的感覺。

我冷靜了少許，便傳訊息通知了梓賢及皓澄，希望他們醒來時讀到，為我提供意見。

我怎樣可以找到她呢……

她會不會以其他方式自殺？

她說在世界上留了一份禮物給我，會是甚麼？

但我這刻最想要的，就是妳仍然生存。

胖大叔的救貓團隊在附近的街道進行搜索，但凡可以內進的唐樓都走了一遍，直至天光也見不到任何尋死少女的蹤跡。他們累了也要休息，只好回去。

但願她也跟我一樣，不會選擇在天亮時離開，而我這晚的出現讓她又捱過一夜。

／30／

雖然我沒有倦意，但胖大叔安排了一些人手，可以輪流守候在這個天台。

「無論如何你都休息一下，睡一會，吃點東西，才能繼續有氣有力有精神的尋找她。這裡放心交給我們吧，你再想想其他辦法，有甚麼消息我再通知你。」胖大叔建議道。

「但這是我的事……會不會太麻煩到你們，對不起……」我擔心地說。

「哪有分你或我的事，她不是也有救過貓嗎，那就是我們一分子了，難道我們會救流浪貓，卻忍心見到一個女生失去生命嗎？你快點去休息，聽我的話。」胖大叔堅定地回答。

回到家裡，梓賢也起床了，他看到我的短訊後立即致電給我，提供了一個建議。

「網絡方面，你交給我們處理，但你要先做一件事，把你的寫文帳號設為公開，可以嗎？」梓賢說。

我知道他的用意，這樣他便可以透過我寫的故事來引起網民關注，但我遲疑著……那些全部都是私人的情感，而網絡卻是把雙面刃，萬一引來負評或中傷，後果可能會很嚴重……

我把擔憂告訴梓賢，他卻回答：「難道你不相信我在媒體上的公關能力嗎？」

「嗯……」在無可奈何的情況下，網絡絕對是我能跟Ko Yau連結的希望，只要能引起了各大媒體及網民的關注、只要她會上網，就一定會留意到我在大氣中尋找著她。

我把帳號設為公開。

「我會幫你跟上司請假，你整晚沒睡就好好休息吧，我會叫同事們留意自殺的新聞，但希望no news is good news，好吧，我要開始工作了。」梓賢掛了線。

胖大叔在現實裡動員，梓賢在網絡上幫忙，只有我甚麼也做不了。閉上眼根本睡不著，腦海裡一直湧現Ko Yau在遺書中提及過的情境，以及我跟她遇上時的那個背影。

待在家裡呆等也不是辦法，我決定外出走一走，刺激一下思維。或許在上天安排的命運下，就只有我會遇上她。

正當我想問途人有沒有見過她的時候，我才發現自己連怎樣形容她都講不出口。

短髮、笑容甜美、身高到我的肩膀即是一米六左右？憑著這些描述又有甚麼用？如果我當初問到了她長甚麼樣子，現在就不用再等叮靈回答我，可以爭取更多救她的時間。

雖然現在並不是反思的時候，但我是否一直都被那些無謂的執著影響人生？

街頭上人來人往，每個人都有自己的擔憂，我與Ko Yau之間的事只是渺小的存在，途人又怎麼會在乎？凌亂的思緒一直在糾纏著我，直到早上十時正，叮靈致電給我。

「很抱歉……我的中文很差，雙眼皮的大眼睛、高高的鼻子、一張瓜子臉，短頭髮……我只想到這些形容詞。」叮靈覺得不好意思。

「如果畫出來呢？」我問，想起了皓澄：「上次跟我來上課的朋友是位畫家。」

「可以試試。」叮靈答：「你把她的聯絡方式給我，我自己約她，你先休息一會吧，你的聲音聽起來很累。」

又叫我休息嗎……？一個趕著上班的途人把我撞倒在地上，或許我真的只能在家等待。如果我早一些鼓起勇氣聯絡她，這刻的她會否已經放棄了尋死的念頭？

我又回到家裡，閉目養神了一會兒。

31

「你可以立即來我的畫室嗎？」

幸好收到了皓澄的短訊，讓我從朦朧中醒過來。

她說透過叮靈的形容，畫好了Ko Yau的樣子。皓澄整個早上都沒有問起我的事，大概她怕自己幫不上忙，擔心過問太多會令我覺得麻煩，默默在我身邊守候，像現在有她可以負責的事時，就會盡力幫我。

到達畫室後，她們坐在一起，兩人之間擺放著一張人像畫，那就是Ko Yau嗎？原來並不是叮靈詞窮，Ko Yau真的如她所形容的眼大鼻高臉尖，只是文字間難以表達出那份甜美卻又憂鬱的氣質。

「你看看這張畫。」皓澄所指的不是Ko Yau的人像畫，而是從一堆畫作中取出來的其中一幅。

我禁不住擺出一個用手掩著嘴的典型驚訝表情。

「當我把她的人像畫好後，才發覺這張臉很熟悉。」皓澄說。

我拿出手機，打開了Ko Yau第一次傳給我的照片，正正跟眼前這張畫一模一樣，即是我站在天台時的背影。不過，畫裡的我並不是孤單一人，旁邊還站著一個身高到我肩膀的女生。

我望著畫中的自己，本來那一夜就是我人生的最後時光。

她說留了一份禮物給我，就是這張畫嗎？

我把畫轉到背面，左下角有一小段文字。

「你好，陌生人，本來我說過寫完遺書就會死去，但其實我一早就寫完了。因為你，我改變了主意，完成這幅畫才是我的最後願望，因為我想你鼓起我失去了的勇氣，代替我繼續活下去，希望你也能改變尋死的主意。這個世界很壞，但你的出現，讓我再次感受到世上最後一份甜。謝謝你，陌生人。」

讀著她寫給我的字，這些年來憋在心裡的抑壓，那些哭不出來的眼淚，都從我的眼角釋出，但我立即抹去，不讓她的畫被沾濕。

「她……」我嗚咽著問皓澄：「她甚麼時候開始來畫畫？」

皓澄回想：「就在你送蛋糕上來的那天呀，你走之後，她就來了。我對她很有印象，因為她看上去開開的很活潑開朗，但每次來畫畫時都不會閒聊，一個人默默地畫。這幅畫她大概畫了一個多月，比其他人慢很多，因為她每下一筆都非常謹慎及認真，而且不容許我幫助她，只能從旁指導。」

「嗯……」我望著畫上的色彩，每一道筆觸，都代表了她對世界、對我、對自己的告別。

我再問：「她有留下任何聯絡方法嗎？」

皓澄搖搖頭：「她每次都是親身上來約時間報名的。」

叮靈和皓澄拍拍我的肩安慰我，說大家都會繼續想辦法幫我的。

我獨個兒拿著Ko Yau的畫在街上走著，其實一直以來我以為是自己陪伴著她，但其實是她拯救了我。要不是她的出現，我就不會在這段時間經歷了以往從未遇過的人與事，而腦海裡那尋死的念頭亦愈縮愈小。

如果她真的會在網絡上留意到我，我要讓她知道我收到畫了，請她繼續像畫中一樣，留在我身邊。

當我想把這幅畫上傳到社交平台時，卻發現追蹤的人數一直上升，還不停有人留言加油及把我的帖文分享出去。轉眼間，我的帳號由兩個追蹤者躍升到幾千人。

我隨意走進了一間咖啡廳，坐下來了解發生了甚麼事。

／32／

我點了一杯咖啡提神，讀著梓賢為我寫的一篇文章，題目為：【真人真事】我被自殺的女生拯救了……

他以第一身的角度簡介了我與Ko Yau的事，再上傳到各個討論區，除了引起網民關注外，亦被不同新聞媒體轉載，成為了今個中午的網路熱話。

「April_love_hk想傳訊息給你」

我收到了超陽及超雨的訊息，他們約我今晚到海傍。我再按到他們的帳號，他們不但轉載了我的故事，而且最新的一篇帖子是他們的合照，內容寫著今晚限定復出，希望把歌送給那位在生命中暫時迷失的女生，用曾經感動過她的歌聲，再次讓她找回活下去的旋律。約定所有歌迷，晚上七時正，海傍再遇。

「我們也希望你不要放棄。無論是尋找她還是自己的人生。」他們跟我說。

與此同時，阿諾也致電給我，他說自己請每個來書店打卡的網紅及客人幫忙分享我的故事，要不是她救回了橘貓，不是我給了他建議的話，恐怕自己仍受情緒困擾，有一天都會走上絕路。

「我爸爸也想幫忙拍一條影片，告訴那位女生，他與釘釘都想再次見到她。我今晚也會去海傍，幫忙留意她會不會出現，到時見！」

無論在網絡或現實，我都收到大量的鼓勵和支持。那些曾經令我討厭世界的網民、那些與我擦身而過的人、那些曾經充滿遺憾的人，都成為我這刻的動力，但我不想這份叫我重拾希望的善良，要用她的生命來換取。

咖啡店的女侍應把一份蛋糕放到我枱上，留了一張小紙條：「我剛剛留意到你的事但不敢打擾你，只想跟你説聲加油：）」

她從我帳號的個人照片中認出我。

直到晚上，無論胖大叔或梓賢都沒有傳來甚麼壞消息，網絡上也沒有自殺相關的新聞。我提早了一個小時到達海傍，除了幾個路人外，就只有超陽及超雨在設置音響。

我第一次見到他們兩兄弟同場。

「你來了。」超陽見到了我。

「謝謝你們……」我已想不出任何開場白。

「別這樣說吧，你的事即是我們的事，她亦是我們的歌迷。」超陽再說：「我相信她會看到我們的演出。」

表演時間將近，剛剛明明只有數個人影，但隨著April Love唱出第一首歌，人群開始聚集。兩兄弟一個彈琴，一個彈結他，時而獨奏，時而合唱。

「接下來這首歌，希望曾經點唱過的妳會聽到。」

他們開始唱起《灰姑娘》，圍觀的人紛紛舉起手機拍片。

我站在人群的最後一排，留意Ko Yau有沒有出現。

「歌詞有點悲哀對吧？」面帶笑容的超雨，在唱完最後一句時說：「我曾經有段時間離開了音樂，但因為一個人的出現，他為了追尋另一個人，特意找出我們，雖然他尚未聯絡到那位女生，不過令我們兩兄弟找回了April Love。」

超雨彈著柔和的背景音樂，超陽續說：「故事中的女主角，雖然妳的玻璃鞋曾經碎滿一地，刺傷妳的內心，花光妳生存的氣力，但只因為當年的灰姑娘尚未遇上珍惜妳的王子。以下這首歌，希望能喚起妳對童話的憧憬，特別為你們而唱。」

《灰姑娘》這首歌，原來還有續集《再見灰姑娘》。

他們開始唱的時候，人群亮起了手機燈，隨著旋律擺動。

我把這刻的畫面拍攝下來，發佈到我的帳戶上，即使她不在現場，都可以感受到這片閃亮黑夜的燈海。

人群離去以後，April Love這晚演出的影片亦被瘋傳，瀏覽人數逾百萬，當中有妳嗎？

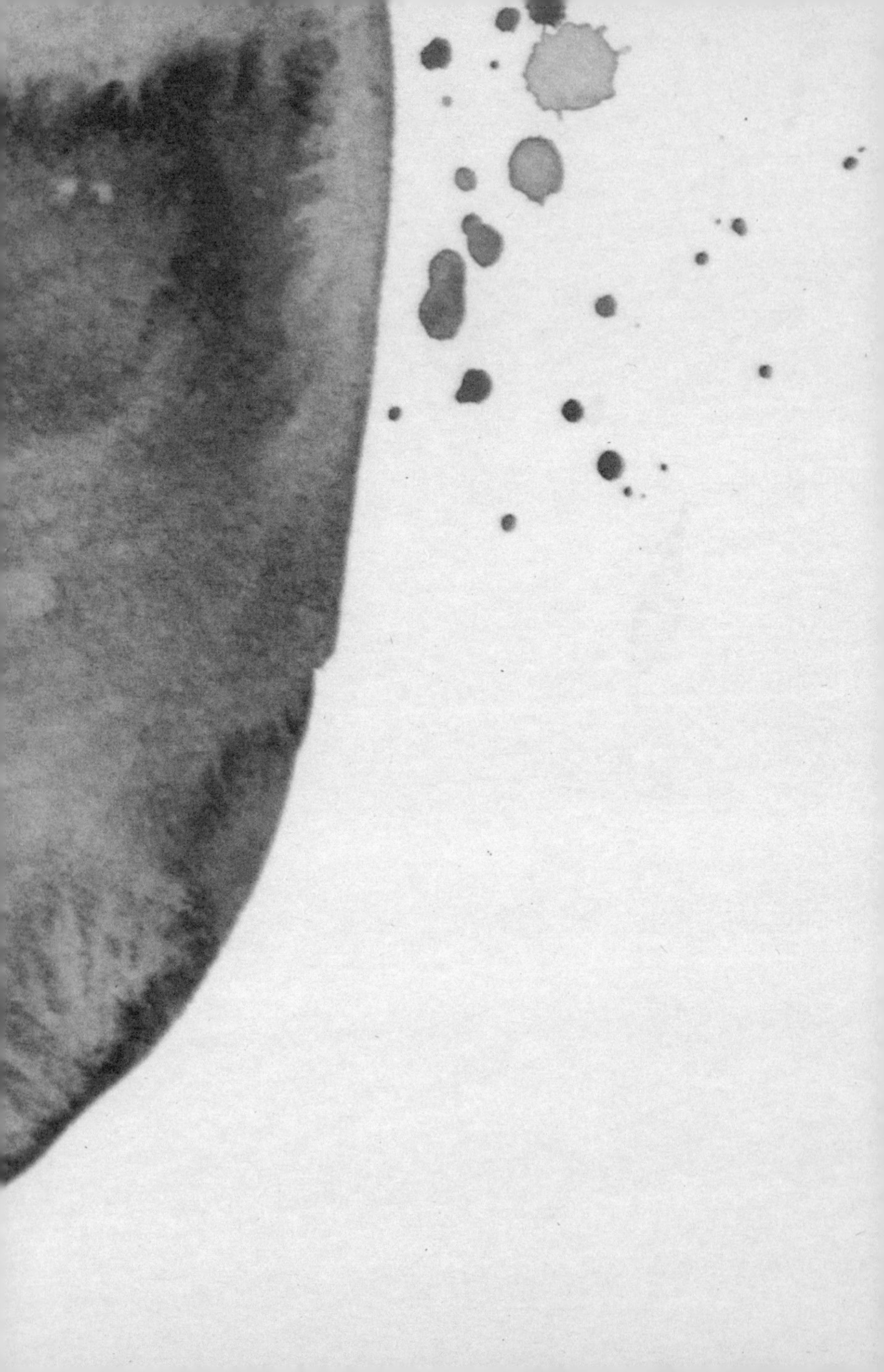

╲ 第六章 ╲

失眠的每夜

33

網絡的定律是，任何熱話都留不過三天。

除了胖大叔跟我還會輪流在天台留守，其他人已想不出任何新辦法，網絡的熱潮亦轉到了其他話題。

無論是梓賢、皓澄、叮靈、阿諾、April Love或所有幫助過我的人，他們都不是失去了耐性，而是大家都活在現實裡，擁有自己的生活，無法像童話角色般，找到公主才算是完成任務。

後來，我亦不想再打擾胖大叔，即使只有我一個人在堅持，我也願意過著這種尋尋覓覓的人生。畢竟，我需要相信Ko Yau仍生存，才能有動力活下去。

正如她所說，海面不會因為誰的離開而停止流動，我每到傍晚都會去她所說的海邊等待日落，每次都期待見到她所形容的老人，但因為老人身旁少了婆婆的陪伴，所以我也無法辨識哪一個老人家才是他。

直至有一天，雨下很大，烏雲滿佈，無法看到日落，沒有人會那麼笨還去淋雨的，除了我。

我撐著傘子，坐在銀色的長椅上，看著雨水打落海面。

快要到預定的日落時分了，一位平平無奇的老人坐在我旁邊的另一張長椅。

感覺上他沒留意到我的存在，因為一般人見到有人在旁時都會互望一眼，但老人只是堅定地望著前方。

我主動走到他身旁：「不好意思。」

他的聽力不太好，我再提高了聲線：「我想問一下，你以前是跟一位婆婆來這裡嗎？」

他仍望著海面，好一會才開口反問我：「你也來看日落嗎？」

「嗯，但今天應該看不到了。」我回答。

「在前面呀，不是嗎？」老人伸出瘦弱的手，指著前方。

雖然雨勢減弱，但天空仍是一片灰朦。

我坐在老人旁邊，打算再問一下Ko Yau的事。

「婆婆過世了。」老人主動跟我說。

「喔……」我低吟著，心想那應該真的是他了。

「但我會想像她還在我身邊。」老人再說：「正如我想像前方的日落。」

我慌了一慌，感覺上霸佔了婆婆的位置，但老人卻指著另一邊：「放心，她以前是坐那一邊。」

雖然老人是獨自前來，但我在他身上感受不到孤獨。他再跟我說他的記性不好，視力亦因為患過白內障而變差。

「所以你要趁還看得見時，風雨不改地來這裡？」我問。

「看不見我也會來，即使之後走不動了，坐著輪椅我都會來。」老人答。

「我也是因為一個女生而來的。她也很喜歡來這裡，她還跟我説過你和老婆婆每天都會來看日落，你會不會有印象，遇過這位女生？」我嘗試問。

「明天我可能連你都記不起了。」老人認真地答。

「的確是幾年前了……我明白的。」

雨停下來，老人問我現在的時間，我答七時零五分。

「除了時間要精準的答案外，其餘的我都可以想像。」老人站起來，我陪他往前走，他再說：「我年輕時最愛讀小說，寓工作於娛樂，所以想像力很豐富。每當生活上發生任何不滿意的事，我就會想像自己過得很快樂，上天才會讓你感受快樂。所以我能看到你看不到的日落。」

老人見我呆著，淺笑了幾下：「有空你也要多看書，我孫兒經營的書店就在附近，你去買些小說讀吧，你說是我叫你去的，會有折扣。」

「好的。」我把驚訝的感覺藏在心裡。

回家後，我嘗試再細想阿諾爺爺的話，想我想像Ko Yau就在身邊嗎？即事實無法控制，但想像就可以隨心嗎？

我不懂。

但爺爺的說話啟發了我，讓我在網上發佈了一篇小感悟。

我寫道，人生就像演算法。你想要甚麼，想做甚麼，生命就會給予你相應的東西，正如我們在網絡上多看甚麼，就會影響到下一次能看到甚麼。人生所留下的每個足跡都有其意義。

雖然Ko Yau的事熱潮已過，卻為我的寫作帳號留下了一班支持者。

每當我發佈了文章或更新動態後，我都會在失眠的夜裡，把讚好及留言的人逐個逐個查看一下，尤其是姓高或短髮的女生。

以爺爺的說法，我每晚都想像她仍在窺探我的文字。

而憑著這份想像，我收到了一個夢寐以求的訊息……

34

「你好，我姓石，是集思出版社的總編輯……」

當這個訊息通知彈出時，正是早上九時多，失眠的我正躺在床上，快要入睡。

看到通知之後我高興得整個人都坐了起來，按進去細閱內容。那位姓石的總編輯很欣賞我發佈的文章，問我有沒有意欲出版成書。

「請問有其他出版社都對你的【真人真事】我被自殺的女生拯救了……有興趣，聯絡過你嗎？」

「暫時沒有。」我如實地答。

「那就好了，我可以先把出版合約傳給你，你考慮好就約個時間上來簽約吧。」他回應。

我立即把這個好消息告訴梓賢及皓澄，皓澄更說今晚上來我家吃飯慶祝。對他們來說，Ko Yau 的事已是一件往事。

我曾有一刻的猶豫，如果把故事出版成書，會不會消費了我和她之間的事呢？但梓賢告訴我，很多作家都會把自己寫進小說裡，相信所有人都會為我成功實現夢想而高興。

「況且，或許會讓她看見。」皓澄又買了韓式紫菜飯捲來我家，她望著那幅 Ko Yau 送給我、掛在牆上的畫說：「她不是叫你代替她鼓起勇氣活下去嗎？」

「別說到她好像已經死了……」我臉色一沉，但沒有生氣。

「好了好了，有甚麼電影好看？」她又再躺在梳化上：「你的電視遙控鋪滿了塵，好噁心喔。」

「抱歉，我很久沒看過電視了。」一路以來，我都叫自己避免娛樂，只會以工作麻醉自己。

皓澄又隨意選了一套電影，播了十多分鐘便睡著。我把電視關掉，看著她熟睡的樣子，我也想好好睡一覺。

出版的事洽淡相當順利，唯一比較特別的是當我問那位編輯，為甚麼會留意到我的文章？他坦言很少看網絡上的故事，但因為之前去過一間別具特色的二手書店，追蹤了書店的社交平店，看到店主常常轉發我的文章。

「那我等你整理好稿件就發給我吧。」編輯在我離去前說。

「沒問題，我會盡快的。」

每晚埋首於電腦前整理文章，我重看了一遍這段日子裡發生的事。

天台的相遇、胖大叔抱貓重拾婚姻、超陽超雨的歌聲、與梓賢重返職場、皓澄辭職開畫室，叮靈再次舉起攝影機、阿諾找到經營書店的方向，以及走失再被尋回的橘貓……能夠經歷這難忘的一切，都只因為她。

我因著乏味沉悶的人生，失去追求夢想的資格，她卻為我帶來種種相遇，由走上絕路，變成一步步向目標前進。

在寫書的過程中，我特地學著她的做法，在雲端上開了一個文件檔，一字一字的輸入。唯一不同的是，她並沒有在線上陪著我。

交稿之後，編輯問我要不要找些作家為我寫序，我說沒所謂，他便替我聯絡了一位叫莎士亞的作家，我並沒有看過他的書，初時還誤看成莎士比亞。

我把部份稿件發送到他的電郵，他讀完後卻告訴我：「你故事中的那位女生，曾經聯絡過我……」

35

本來我想約這位莎士亞出來見面，但原來他去了歐遊，所以我只好跟他以訊息交流。

莎：「她跟我分享的事，跟你在書中所寫的差不多。」

我：「她說了我們在天台相遇？」

莎：「嗯，不過她主要是問我在巴黎的事。」

我：「她準備去旅遊？」

莎：「這方面她又沒有明確地回答，只是問了我住宿事宜，我把屋主的聯絡方法告訴了她，她便沒有再找過我了。」

我：「何時的事？」

莎：「我看一看……我剛剛到巴黎的時候。」

我：「你方便把她的社交平台用戶名稱給我嗎？」

莎：「她已刪除帳號了，我無法找回。」

我：「明白，那可以把住宿的聯絡方法給我嗎？」

莎：「好。」

我：「謝謝，也勞煩你為我寫序。」

莎：「本來我還打算用她的故事做下本書的題材，但看到你所寫的稿，不但文筆比我好得多，而且只有你親身經歷過，才能寫出那些真實的情感，加油，期待你的書。」

我：「等你回來後，我們見面吃個飯？我想親自答謝你。」

巴黎……？

難道她一直都不在香港？我差點忘了她在遺書中寫過，人生一定要跟情人去一次巴黎。

腦海中突然出現了一個心碎的想法，難道她一直失聯，是因為跟那個男人復合了？

我立即發訊息聯絡莎士亞所介紹的屋主，屋主卻說沒有女生或情侶訂過房，單位目前仍是空置，問我是否有興趣租住？

又是no news is good news嗎？

假如她真的跟前度復合了，總好過自殺死了，但這兩個結局，都令我感到心碎。

我只能把對她的感受，寫在書的首頁——

給　我永遠等待的妳

我寫好書後，封面則由皓澄幫我繪畫，我倆終於可以完成這個承諾。

書本順利出版，我跟編輯提出了一個小要求，希望將這本書優先放在阿諾的書店寄賣，編輯答應了，還說要為我舉辦一個小型簽書會。

將書實實在在的拿於手上，我才感覺到自己終於踏上了作家之路。

手上要忙碌的事總算一一完成，我久違地坐在梳化，讓自己放鬆一晚，打開了電視，看著上次皓澄隨意播放的那套電影。

故事中的男主角剛巧也是位作家，他在九年前跟女主角相遇，共度了難忘的一夜，本來相約在車站再見，可惜兩人各有原因及誤會，從此失聯。

男主角把兩人相遇的事寫成了書，九年後在巴黎舉辦簽書會，居住在巴黎的女主角終於出現在他面前。

我把電影停住，閉上了眼睛，想像Ko Yau也會出現在我的簽書會。

我相信在這一晚看到這套電影，是上天給我的一個暗號。

簽書會當日，我換上了一套整齊斯文的恤衫及長褲，照著鏡子整理髮型，我已經不再是當日那個頹廢的自己。

懷著與她相遇的心情，我興奮又緊張地前往書店……

36

阿諾為了配合書的封面，特地把書店佈置成藍色。

起初我以為應該沒甚麼人會支持，但等待我簽書的人龍擠滿了整個地庫，一直延伸到地面，就連阿諾的爺爺及爸爸都到場支持，三代同堂見證我簽書，阿諾爸爸說這是幾十年來最多人到訪書店的一次。（阿諾的爺爺一直問我是誰，他果然認不出我了。）

大概兩個多小時後，我懷著矛盾的心情為最後一位男讀者簽書。明明是一件值得慶祝的事，為甚麼我會有一陣失落？

想像歸想像，電影的情節始終沒有在現實發生，但在眾人為我高興的時刻，我收起了失望的表情，笑著答謝他們。

「所以，你還要繼續找她嗎？」胖大叔問我。

「即使今年遇不到她，還有明年、後年、大後年。或許十年後，她就會出現。」我答。

網路潮流不過三天，而我成為作家的事亦過去了，一星期後大家的生活已回復日常。

我以伴郎的身分參與了梓賢籌備已久的婚禮，這時他已還清債務更升職加薪；

皓澄舉辦了人生第一場個人畫展，西裝男亦當場跪地求婚；

胖大叔因為有老婆的幫忙，「福記小食」裝修改名為「福記小廚」，專賣各式餸菜的飯盒；

叮靈長期在外地為不同的情侶夫婦拍攝婚照，更有外國電影公司聘請她拍攝劇照；

阿諾令書店成為了每個作家指名要舉辦簽書會的場地，更連旁邊的空鋪都租下來，擴張營業；

April Love參與了大大小小的音樂頒獎禮，多首原創作品奪獎，已是最受歡迎的樂隊之一；

橘貓繼續懶洋洋躺在書店，阿諾為牠開設了社交媒體的帳號，這位當紅貓店長的粉絲更比我多出好幾倍……

每個人都有好結局，而我……又再辭了職，踏上全職作家之路，還用了人生第一筆稿費買了一張前往巴黎的單程機票。

我沒有告訴身邊的朋友，他們亦只是見到我在社交平台上分享了購買機票的紀錄，才知道我在三天後就出發。

當然，我分享的目的，只是為了讓她看見。

我依然相信她一直有看我寫的文字，依然想像我們會在某天重遇。

「都說了不用來送機……這麼多人看著，很尷尬。」

我在機場裡，跟前來送機的胖大叔、梓賢、皓澄及阿諾道別，猶如電視劇集裡，最老土的一幕。

「我又不是移民，妳怎麼哭起來……」我跟皓澄說。

梓賢擁著我，在我耳邊說笑：「去識個法國女生吧。」

「外國的食物都不夠我煮的好！」胖大叔則帶了一個飯盒，叫我在入閘前要吃光……

而阿諾則拿出手機，透過視像通話讓我跟橘貓打招呼。

「好了，再不上機就趕不及……」逐一擁抱過後，我一直回望，想像Ko

Yau會突然出現，把我叫住，然後我放下手上的行李，跟她感動相擁。

可惜又只是想像。

我選擇出走到巴黎，不是想把過去放下，而是她令我實現了人生的夢想，我也要代她圓滿踏足浪漫之都的心願。

在我心目中，我是跟情人一起出發，或許我倆會在鐵塔下相遇呢？

踏上飛機，尋找我的座位，把手提行李放上行李架，然後坐在窗旁，看著藍天白雲。

突然，有人拍拍我的肩，我以為是自己坐錯了座位，但我抬頭看到一位女生。

「冒昧打擾了，我上次錯過了你的簽書會，請問可以為我簽書嗎？」她把書遞了給我。

我從褲袋取出了一支筆，低頭微笑，盡力忍住淚水，手震震地接過她的書，問：「妳好，怎樣稱呼妳？」

「高悠。」

（全文完）

童話式相戀即使再罕有

最遠那個情人正揮手

一直相信
奇遇會在你四周

——《再見灰姑娘》

作者　：莎比亞
責任編輯：Chorsei
美術總監：阿團
封面插畫：Nico Cheung
手寫字　：Clara Fu@pencilzation
出版人　：李焯泓

———

facebook　：https://www.facebook.com/Shakepearelove
Instagram　：sapeiar
電子郵箱　：shakepearewriting@gmail.com

———

版次　：二〇二三年七月初版
I S B N　：978-988-76457-6-4
承印　：新世紀印刷實業有限公司